林贤治 主编
百年中篇典藏

八月的乡村

萧军 著

南方出版传媒
花城出版社
中国·广州

图书在版编目（CIP）数据

八月的乡村 / 萧军著. -- 广州：花城出版社，
2021.3
（百年中篇典藏 / 林贤治主编）
ISBN 978-7-5360-9374-4

Ⅰ. ①八… Ⅱ. ①萧… Ⅲ. ①中篇小说－中国－现代
Ⅳ. ①I246.5

中国版本图书馆CIP数据核字(2020)第265966号

出 版 人：	肖延兵
丛书策划：	张　懿
出版统筹：	邹蔚昀
责任编辑：	邹蔚昀
技术编辑：	凌春梅
装帧设计：	林露茜

书　　名	八月的乡村 BA YUE DE XIANG CUN
出版发行	花城出版社 （广州市环市东路水荫路 11 号）
经　　销	全国新华书店
印　　刷	恒美印务（广州）有限公司 （广州南沙经济技术开发区环市大道南路334号）
开　　本	880 毫米×1230 毫米　32 开
印　　张	6.875　2 插页
字　　数	150,000 字
版　　次	2021 年 3 月第 1 版　2021 年 3 月第 1 次印刷
定　　价	49.80 元

如发现印装质量问题，请直接与印刷厂联系调换。
购书热线：020－37604658　37602954
花城出版社网站：http://www.fcph.com.cn

总序

林贤治

中国新文学从产生之日起，便带上世界主义的性质。这不只在于由文言到白话的转变，重要的是文学观念的革新。从此，出现了新的文体，新的主题，新的场景、人物和故事，于是一个新的文学时代开始了。

以文体论，所谓"文学革命"最早从诗和散文开始。小说是后发的，先是短篇，后是中篇和长篇，作者也日渐增多起来。由于五四的风气所致，早期小说的题材多囿于知识人的家庭冲突和感情生活；继"畸零人"之后，社会底层多种小人物出现了，广大农民的命运悲剧与农村中的阶级斗争进而廓张了小说的疆域，随后，城市工人与市民生活也相继进入了小说家的视野。小说以它的叙事性、故事性，先天地具有一种大众文化的要素，比较诗和散文，影响更为迅捷和深广。

从小说的长度看，中篇介于短篇与长篇之间，但也因此兼具了两者的优长。由于具有相当的体量，中篇小说可以容纳更多的社会内容；又由于结构不太复杂而易于经营，所以，自二十世纪二十年代以来，小说家多有中篇制作。论成就，或许略逊于长篇，但胜于短篇是肯定的。

一九二二年，鲁迅在报上连载《阿Q正传》。这是新文学运动发生以后的第一个中篇小说，在革命的大背景下，为国人的灵魂造像；形式之新，寓意之深，辉煌了整个文坛。阿Q，作为一个典型人物，相当于塞万提斯笔下的堂·吉诃德，在中国，为广大的人们所熟知，他的"精神胜利法"成了民族的寓言。在二十年代，创造社和文学研究会的作家创作颇丰，中篇小说作家有郁达夫、废名、许地山、茅盾，以及沅君、庐隐、丁玲等。郁达夫在五四文学中享有盛名。他的小说，最早创造了"零余者"的形象，其中自我暴露、性描写，在当时是惊世骇俗的，虽然有颓废的倾向，却不无反封建的进步的意义。《迷羊》《她是一个弱女子》是他的代表性作品，打着时代特有的个性主义和人道主义的双重烙印。在丁玲的《莎菲女士的日记》中，作为刚刚觉醒的女性主义者，追求个性解放和自由恋爱的莎菲女士，结果陷入歧路彷徨、无从选择的困局之中，表现了一代五四新女性所面临的新观念与旧事物相冲突的尴尬处境。继鲁迅之后，一批"乡土作家"如台静农、蹇先艾、许钦文、王鲁彦等崛起文坛，是当时的一个突出的文学现象。但是佳作不多，中篇绝少。

毕竟是新文学的发轫期，二十世纪二十年代的小说大多流于粗浅，至三十年代，作家队伍迅速扩大，而且明显地变得成熟起来。有三种文学，其中一种是所谓"民族主义文学""三民主义文学"；另一种与官方文学相对立，在当时声势颇大，称为"左翼文学"。以"左联"为中心，小说作家有茅盾、柔石、蒋光慈、叶紫、张天翼、丁玲，外围有影响的还有萧军、萧红等。其中，中篇如《林家铺子》《二月》《丽莎的哀怨》

《星》《八月的乡村》《生死场》，都是有影响的作品。茅盾素喜取景历史的大框架，早期较重人物的生理和心理描写，有点自然主义的味道，后来有更多的理性介入，重社会分析。中篇《林家铺子》讲述杭嘉湖地区一个小店铺老板苦苦挣扎，终于破产的故事。同《春蚕》诸篇一起，展开二十世纪三十年代民族危难、民生凋敝的广阔的社会图景。《二月》是柔石的一部诗意作品。小说在一个江南小镇中引出陶岚的爱情，文嫂的悲剧，和一个交头接耳、光怪陆离而又死气沉沉的社会。最后，主人公萧涧秋在流言的打击下，黯然离开小镇。作者以工妙的技巧，揭示了知识分子在残酷的现实生活中进退失据的精神状态。诗人蒋光慈的小说《丽莎的哀怨》《冲出云围的月亮》发表后，受到左翼作家的批判，影响轰动一时。其实"革命+恋爱"的创作模式，并不能遮掩小说所展露的人性的光辉。特别在充斥着"左"倾教条主义政治话语的语境中，作者执着于对"人"的描写，对人性与环境的真实性呈现，是极为难得的。萧军和萧红是东北流亡作家，作品充满着一种家国之痛。《八月的乡村》以场景的连缀，展示了与日本和伪满洲国军队战斗的全貌。《生死场》超越民族和国家的限界，着眼于土地和人的生存。"在乡村，人和动物一起忙着生，忙着死"，是贯穿全篇的主旋律。小说有着深厚的人本主义的内涵，带有启蒙的意义。

此外，还有一种文学，来自一批自由派作家，独立的作家，难以归类的作家。如老舍、巴金、沈从文等，在艺术上，有着更为自觉的追求。像沈从文的《边城》《长河》，就没有左翼作品那种强烈的阶级意识。沈从文自称"是个不想明白道理却永远为现象所倾心的人"。他倾情于"永远的湘西",着意于表现自然之美与野蛮的力,叙述是沉静的,描写是细致的,一些残酷的血腥的故事,在他的笔下,也都往往转换成文化的美,诗意的美,而非伦理的美。巴金早期的小说颇具政治色彩,如《灭亡》;而《憩园》,则是一种挽歌调子,很个人化的。施蛰存等一批上海作家是另一种面貌,他们颇受西方现代派文学的影响,从事实验性写作。不过,值得指出的是,左翼作家是一批青年叛逆者,敢于正视现实、反抗黑暗;其中有些作品虽然因意识形态的影响而在一定程度上削弱了艺术的力量,但是仍然不失为当时最为坚实锋锐的文学,是五四的"人的文学"的合理的延伸。

整个二十世纪四十年代动荡不安。这时,除了早年成名的作家遗下一些创作外,新进的作家作品不多,突出的有张爱玲的《金锁记》和路翎的《饥饿的郭素娥》。张爱玲善于观察和描写人性幽暗的一面,《金锁记》可谓代表作。路翎的《饥饿的郭素娥》何尝不是写人性,却是张扬的、光明的、美善的。在劳动妇女郭素娥的身上,不无精神奴役的创伤,却更多地表现出了与命运抗争的顽强的生命力。延安文学开拓出另一片天地:清新、简朴、颂歌式。丁玲的《在医院中》《我在霞村的时候》,以及赵树理的《小二黑结婚》《李有才板话》,形态很不相同,但在文学史上都有着全新的意义。在丁玲这里,明显地带有五四时期的个人主义和女性主义的残留,所以当时遭到不合理的批判。赵树理的小说,可以说专写农村和农民,但不同于此前知识分子作家的乡土小说,强调的不是苦难,而是新生的活力和希望。语言形式是民族的、传统的,结合现代小说的元素，有个人的创造性，但无疑地更加切合时代的需要。所以，周扬高度评价赵树理的作品，称为"新文艺的方向"。

一九四九年以后，中国有了统一的文坛。从五十年代初期的文艺整风开始，多种政治运动接连不断，对作家的思想、个性和创造力造成了不同程度的损害。比如对萧也牧的《我们夫妇之间》的批判，以及随后对路翎入朝创作的《洼地上的"战役"》等小说的批判，都在小说界产生了直接的消极影响。

二十世纪五六十年代的中短篇小说颇为寥落。少数青年作者带有锐意的作品，如王蒙的《组织部来了个年轻人》，较早表现反官僚主义的主题。小说也许受到来自苏联的"写真实""干预生活"等理论和作品的影响，但是作者无意模仿，这里是来自五十年代中国的真实生活，和一个"少布"的理想激情的历史性相遇。它的出现，本是文学话语，通过政治解读遂成为"毒草"，二十年后同众多杂草一起，作为"重放的鲜花"傲然出现。老作家孙犁以一贯的诗性笔调写农业合作化运动，自然被"边缘化"；赵树理一直注目于农村中的"中间人物"，却在一九六二年著名的"大连会议"之后为激进的批判家所抛弃。"文革"十年，文坛荒废，荆棘遍地；所谓"迷阳聊饰大田荒"，甚至连迷阳也没有。

"文革"结束以后，地下水喷出了地面。以短篇小说《伤痕》为标志的一种暴露性文学出现了，此时，一批带有创伤记忆的中篇如《天云山传奇》《犯人李铜钟的故事》《大墙下的红玉兰》《绿化树》《一个冬天的童话》《被爱情遗忘的角落》等同时问世。《绿化树》叙写的是右派章永璘被流放到西北劳改农场的经历，是张贤亮描写中国知识分子历史命运的一部力作。与其他"大墙文学"不同的是,作者突出地写了食和性。通过对主人公一系列忏悔、内疚、自省等心理活动的描写,对饥饿包括性饥饿的剖视,真实地再现了特定年代中的知识分子的苦难生活。作者还创作了系列类似的小说,名为"唯物论者的启示录",对一代知识分子命运作了深入的反思。张弦的小说,妇女形象的描写集中而出色。《被爱情遗忘的角落》《未亡人》《挣不断的红丝线》,其中的女性,无论在农村还是城市,无论是少女还是寡妇,都是生活中的弱势者,极"左"路线下的不幸者、失败者和牺牲者。驰骋文坛的,除了伤痕累累的老作家之外,又多出一支以知青作家为代表的新军,作品有张承志的《北方的河》《黑骏马》,王小波的《黄金时代》,阿城的《棋王》等。或者表达青年一代被劫夺的苦痛,或者表现为对土地和人民的皈依,都是去除了"瞒和骗"的写真实的作品。这时,关注现实生活的小说多起来了。无论是蒋子龙的《乔厂长上任记》、高晓声的《陈奂生上城》,还是谌容的《人到中年》、路遥的《人生》,都着意表现中国社会的困境,不曾回避转型时期的问题。《人到中年》通过中年眼科大夫陆文婷因工作和家庭负担过重,积劳成疾,濒临死亡的故事,揭示中国知识分子的生存现状,可谓切中时弊。小说创造了陆文婷这个悲剧性的英雄形象,富于艺术感染力,一经发表,立即引起社会的巨大反响。

　　二十世纪八十年代初期中国作家非常活跃,带来中篇小说空前的繁荣。这时,出现了重在人性表现的另类作品,如汪曾祺的《受戒》《大淖记事》,张洁的《爱,是不能忘记的》,还有史铁生的《关于詹牧师的报告文学》《命若琴弦》等,显示了创作的多元化倾向。汪曾祺的小说创作起步于二十世纪四十年代，却因时代的劫难，空置几十年之后，终至大器晚成。他自称是"一个中国式的抒情的人道主义者"，小说多叙民间故事，十足的中国风。《大淖记事》乃短篇连缀，散文化、抒情性，气象阔大，尺幅千里，在他的作品中是有代表性的。

八十年代中期，"思想解放运动"落潮，美学热、文化热兴起。在文学界，"寻根文学""先锋小说"应运而生。"寻根"本是现实问题的深化，然而，"寻"的结果，往往"超时代"，脱离现实政治。王安忆的《小鲍庄》，以多元的叙述视角，通过对淮北一个小村庄几户人家的命运，尤其是捞渣之死的描写，剖析了传统乡村的文化心理结构，内含对国民性及现实生活的双面批判，是其中少有的佳作。"先锋小说"在叙事上丰富了中国小说，但是由于欠缺坚实的人生体验，大体浅尝辄止，成就不大，有不少西方现代主义的赝品。

至九十年代，中篇小说创作进入低落、平稳的状态。这时，作家或者倡言"新写实主义"，"分享艰难"，或者标榜"个人化叙事"，暴露私隐。无论回归正统还是偏离正统，都意味着文学进入了一个思想淡出、收敛锋芒的时期。王朔是一个异类，嘲弄一切，否弃一切；他的作品，容易让人想起鲁迅的名文《流氓的变迁》，却也不失其解构的意义。这时，有不少作家致力于历史题材的书写或改写，莫言的《红高粱》写抗战时期的民众抗争，格非的《迷舟》写北伐战事，从叙述学的角度看，明显是另辟蹊径的。苏童的《妻妾成群》，写的是大家族的妇女生活。在大宅门内，正妻看透世事，转而信佛；

小妾却互相倾轧，死的死，疯的疯。这些女人，都需要依附主子而活，互相迫害成为常态，不失为一个古老的男权社会的象征。尤凤伟的《小灯》和林白的《回廊之椅》写历史运动，视角不同，笔调也很不一样。尤凤伟重写实，重细节，笔力雄健；林白则往往避实就虚，描写多带诗性，比较丁玲的《太阳照在桑干河上》和周立波的《暴风骤雨》等经典作品，却都是带有颠覆性的叙述。贾平凹有一个关于土匪生活的系列中篇，艺术上很有特色。现实题材中，余华的《许三观卖血记》，刘庆邦的《到城里去》，迟子建的《世界上所有的夜晚》，胡学文的乡土故事和徐则臣的北漂系列，多向写出"新时期"的种种窘态。钟求是的《谢雨的大学》，解析当代英雄，包括大学教育体制，是一个值得注意的作品。关于官场、矿区、下岗工人、性工作者，现代化、城市化过程中的一些重大的社会事件和现象，都在中篇创作中有所反映，但大多显得简单粗糙，质量不高。

一百年来，经过时间的淘洗，积累了一批具有经典性、代表性的中篇小说。"百年中篇典藏"按现代到当代的不同时段，从中遴选出二十四部作品，同时选入相关的其他中短篇乃至散文、评论若干一起出版。宗旨是，使读者对具体的作家、作品，乃至一百年来中篇小说创作的源流状貌有一个较为完整的了解。

作者简介

萧军（1907—1988），原名刘鸿霖，曾用名田军，辽宁省义县（现属凌海市）人。1928年考入东北陆军讲武堂炮兵科，1933年与萧红出版了短篇小说合集《跋涉》，1934年10月间在青岛完成成名作《八月的乡村》，后与萧红一起去上海，在鲁迅先生的指导下从事左翼文学活动。继《八月的乡村》之后，他又出版了短篇小说集《羊》《江上》，散文集《十月十五日》《绿叶的故事》，中篇小说《涓涓》等。1938年，第一次到延安。1940年6月，第二次来到延安，主持鲁迅研究会工作并出席"延安文艺座谈会"。1946年重返哈尔滨，先后担任了东北大学鲁迅艺术文学院院长、鲁迅文化出版社社长、《文化报》主编等职务。1949年春，至抚顺矿务局总工会任资料室主任兼抚矿京剧团顾问。1951年，回到北京，写出《五月的矿山》《吴越春秋史话》以及《第三代》等作品。1979年，受邀参加第四届全国"文代会"，当选主席团团员，重返文坛。1988年去世，享年81岁。

男儿当自强！1931年"九一八"之前，沈阳讲武堂

《奴隶丛书》，1935年书影

哈尔滨时期的友人们，1933年入关前

鲁迅先生葬礼（1936年秋）扶灵人之一，万人送葬队伍总指挥

中华全国文艺界抗敌协会成都分会成立，1939年初

"延安文艺座谈会"后合影,1942年5月,延安

"病后偶题",1961年秋,北京

重返文坛,1979年冬,北京

剑指穹苍，1979年夏，北京后海畔　　孔林打"虎"，1982年春，山东曲阜　　为《紫禁城》杂志题诗

手迹

目录

八月的乡村　　萧　军　/1

田军作《八月的乡村》序　　鲁　迅　/187
前　记　　萧　军　/190

萧军年表　/193

八月的乡村

萧 军

一、流

在茂草间,在有水声流动的近边,人可以听到蛙、虫子……诸多种的声音,起着无目的交织,和谐地随伴着黄昏,随伴着夜,广茫地爬行。

成群或是孤飞的老鸦们,掠过人们的顶空,掠过白桦林的高梢,飞向天的一边去。——那边是一片宁静的田野,田野的尽处是一带绵绵无尽的远山。太阳就是由那一面山脊的部分滚落下去的。老鸦叫出的声音,常常是不响亮,低哑,充饱着悠沉和倦怠。

桦木林是丛密的,从这一面不容易透视出那一面。中间杂生着非常茂盛的狭叶草和野蒿,这是很挑皮的小东西,沿路生着的,时常会绊住行人的脚。其间野藤的牙齿,更很容易将你的脚踝绞出了血。

这里的蚊虫，唱着集合的曲子——枪声在这个时候也渐渐喑哑下去；人们的脚步也开始松弛，不经意会踏翻一块石头，使它落到小溪里面去。

一切被窒息在黄昏里一样，谁也不交谈一句话。任凭蛙、虫子和溪流占据了这长谷的空间。

小溪不大纡曲，伸长在谷底下，靠近路的右边，那是和这条小路并列，常常维系着友谊的关系。每行一步人可以听到它在唱。至于蛙们呢？因了人们的经过，暂时会跳进水里去，或是爬向沿水生着的丛草里面，随后它们会自由地再爬出来。

为着便利，任是某个时间全可射击，全可以和追赶自己的敌人们开火，所以步枪并不拘泥，任便每人取着合适的准备姿势。

每人的子弹袋全变得空虚了！病蛇般的软垂在人们的胁下，随着人们的脚步在动荡。

就如才想起什么重大的事情，小红脸摸出了小烟袋，可是很快地又掖在原来的地方，他想着：

"这是不行的呢，还不是吃烟的时候啦！"

他底小烟袋已经是一个整天没在他底嘴里出现过了。平时小烟袋很少离开他底嘴。当他底小烟袋咬在嘴上的时候，他快活、闲暇……一副充血的脸色，喝过烧酒般，红红的；瞳仁近乎黄金色，眼睑有些浮肿，他还生着不甚浓密的胡须……

他一只手并不舍开，还在摩挲着烟口袋，同时开始在思想：为什么还不该停下歇歇，让他吃一袋烟呢？枪声不已经没有了吗？——他侧开头，避开前面别人脑袋的障碍，睄一睄走在更前边的领队。——那人还是不松懈，没有思虑的样子走在前面——小红脸近乎失望了！他想还是不如做农民时候自由多了！他可以随便什么时候吃一袋烟。就是在手里提着犁杖柄手，也是一样哪，也可以使小烟袋很安全地咬在嘴里呢！那样的日子不会有了，不会再有一个太平的春天和秋天给他过了！他遥遥看着那边的田野在叹息，小烟袋又凄默地捏在手里，抵近嘴巴边：

"我们该歇一歇了吧？"小红脸不大的声音提议着。

"小红脸同志说得对——我们全该赞成他。"

这是谁的声音呢？人们没有工夫去察看。他们只是哄笑这咬字眼的，和不常说不常听的话。什么"同志"，什么"赞成"……他们觉到谁能说出这样几个字眼，那真是太进步的家伙！

全是疲乏的。全赞成小红脸的主张。但是人们的脚步谁也没能第一个就停下来。小红脸的烟袋还是如先前一样，空空的捏在自己的手里。这是说，还没听到领队发停止的命令。

这样又是一段路过去了。横在面前的是一蹲广平的大石头。在队前头一只手臂向着天空举起来，接着又迅速地落下去，接着有很平静的"停止"两个字的声音，使每个人全听得很清楚：

"弟兄们，我们就在这块石头上歇一歇吧。不过这里也不是安全地方呢！歇不多少工夫的，知道吗？我到对面那个小山上去担任警戒，你们可以替换着到底下小河里去喝点水，洗洗脸，吃点干粮……无论怎样，明天一早晨，我们也必得赶到王家堡子——每人应该担心点自己的枪，不要平放在地上，或是碰到石头……"

领队的话并不被谁怎样注意着,不如平日那样吸引着人们。人们的心中只是占据着那清凉的水流,袋里的干粮;小红脸呢——只是他手中的小烟袋。谁也不注意萧明说完了话,怎样自己提了步枪,走下谷底,跨过小河,努力地躬下身子爬向对面的小山上去……

在小山的上面,可以超视过桦木林,看到那一带远山——人家的房屋不常见,尽是一些不规则的树林。太阳已经完全沉没了;在群山的后面,有着很浓黑的晚云开始浮动……

他默默地数着,日间他们和敌人接过仗的每个山头。隐约还可以看见那个独立而不甚高大,有些像乳头形的山峰——在那里被击死了两个弟兄,眼见着被敌人割了脑袋!

"这又是牺牲了两个弟兄!"

萧明底眼睛有点蒙眬——悲伤和疲乏攻打着他。从这一面石头上,他看出那是刘大个子,腿拉长地睡着了。别的几个人,蹲伏着身子,有的像青蛙一般饮着水,浇着头发,小红脸吸烟时候的火光,很急速地在闪动。

蛙声更是显得响亮了。晚云发展得非常迅速,不到多大工夫,已经快占满了半个天。

落雨在人们是平常的事,就如饥饿一样。

"伙计们,就在这石头上过一夜吧!他娘的,实在够受了——今晚还得向王家堡子赶?"

刘大个子手交搭在肚子上,闭起绝望的眼睛,接着说:

"我算没气力再赶下去了。赶到王家堡子不保准就能遇得上?"

一任刘大个子自语着,谁也不去理他。

由烟袋一闪动一闪动的光亮里面，可以看到小红脸的脸比起日间更红了。胡子稀疏，半闭了一只眼睛。

他默默地想着太平的日子。什么时候他再可以自由自在地咬着小烟袋去耕地？是不是马上就可以来的？那个神秘的日子来到的时候，是不是可以将欺负过他底人们，和硬占了他底田地的日本人，杀得一个不剩？他底老婆可以不再挨饿了吗？孩子们呢，可以同有钱的孩子们一样，到学堂里去念书，不再到铁道附近去拾煤渣……

这些可怜的题目，一直在小红脸的心里埋藏着。他有多少次要去问问萧明，可是当那青年人的眼睛一看到他的时候，他就如蒙了解答样，在那双闪亮的眼睛里，似乎永久埋着这样一句话：

"这是一定的。"

这次赶到王家堡子，他想：那是可以遇到萧明一向所说的本部队吗？那是可以会合在一起去打日本兵。什么时候日本兵可以打完呢？——他有些为这不可知的日期忧伤了！他想到他底老婆——一个良善而又能干的女人！他们从不吵架！孩子们也是他所喜欢的！他甚至想到他养大起来的一条狗。这样想着，烟袋闪动得全有些忧伤了！但是想到他那被强占去的田地；硬逼着给拆掉了的家屋……烟袋火的闪光，又开始连续地在扩大——头是侧斜的，两臂始终是抱着那膝盖。

刘大个子只是拉长了腿，再什么也不说了，一动也不动地闭起了眼睛，也不关心天空的云，也不关心什么虫子、蛙……的喧扰，也侵扰不了他。起始他幻想：如果马上吃一顿无论什么样的饱饭，而后就睡在这石头上，就是追袭他们的敌人真的到了，捉住他去枪毙！他全不在乎。他不甘心离开这石头。

"弟兄们起来罢，我们马上就走吧！天是不可靠，怕是要下雨……"

在对面小山上守望的萧明回来了。他拍着刘大个子底腿，和他身旁的小梁兴。

刘大个子还是继续响着鼻子——夜云刻刻在天空起着层积。

"起来——我们马上就走——"

"再歇一会不好吗？——萧同志！"刘大个子沙哑着嗓子，这说话是近乎玩笑样的哀求。

萧明沉默着，他坐在大石头近边一块小石头上，整理自己的鞋子——头埋在黄昏里，野蒿在身边摇颤。

别人也全沉默地整备着自己的事。一切全停当。刘大个子还是继续地睡在石头上，鼾声更显得响亮了，这是假作的，谁全知道。

"这条癞皮狗，你不起来……我们丢下你……叫敌人捡你的'蛋'！"

在模糊中人们听出来，是李三弟在说话——平时他常和刘大个子开玩笑。

小梁兴去扭大个子底耳朵。

"大个子不要再撒赖……"萧明底声音近乎酸楚了，"我们谁也不是谁的长官，你一定知道我们不会枪毙你。对的，我们是弟兄，同志。这完全是我们自己的事！你应该想想在白天……徐同志和高同志……被割去脑袋的情景！一定要忍耐，什么困苦全应该忍耐过去！为了那死去的弟兄们……"

在日间一幅活现的，人与人之间残杀的画图，又重现在每人的记忆里，使每人全刺痛。

"检查检查自己子弹的数目——"

萧明挺直了身子，走近大个子躺在的地方，用拳头抵着他底腿说：

"我们九个人里，死了两个强壮的了！现在只有你，还比我们结实！你知道，梁兴他比你要年轻十几岁；崔大哥呢……要大过你二十岁啊！——起来，检查子弹——"

刘大个子的饥饿忘了！疲乏忘了！他跳起来。

"每人还有多少粒？全放在这石头上——"萧明命令着。

"四十五——十五——十七——九——二十五——十三……"

只有孩子梁兴的数目太少了。他喜欢乱放枪，这时很不过意地拿出自己的子弹，也放在石头上。他猜想萧明也许会说他什么。

"小伙计，你就剩这三颗玩意吗？"萧明底眼睛计算摆在石头上的子弹，计算该怎样分配才能平均，才能没有一粒剩余。同时，和平着声音，向孩子说：

"记住！小伙计，不要乱放枪。我们底子弹应该每粒全有用——四十五加十五，十七……九——一粒要顶我们敌人一百粒用！——九……二十五——现在我们均分吧！一共是一百二十七粒，用七除，每人应该得十八粒。还多了一粒随便谁拿了去。"

"……这粒子弹你们全不肯拿，就放在我这里——弟兄们，要当心，现在我们底子弹太少了！马上……再和敌人开一次火,一定要吃亏!必得要赶到王家堡子——在明天一早晨。"

……

开始前进——

又开始沿着这无边际的桦林,探索着无边际的夜,踏着蛙的声音和虫子们的声音。

一向在脚下,在后面,啾唧地如一条会唱歌的蛇跟踪着人们的小河,现在渐来渐远了!它向路的右边爬过去。

饥饿、疲乏,燃烧着每个人!死亡随时可以发生:那闪着光的不甚遥远的敌人的袭击暂时算落在了后面了。

夏天的云贼一样的快!所有天的空隙处,已经再看不到一颗眨眼睛的星。老年的崔长胜诅咒着说:

"眼睛太不济事了啊!老年的东西,真是什么也要不得的啦!"

人是铅一般的沉默!小红脸走在他的前边;梁兴走在他的身后。老年人常常要被路上的石头开玩笑!人们只有梁兴比谁更关心他:

"当心点脚底下的石头,不要尽说话啦!我底爷爷!"

"喂!年轻的小兄弟,你为什么开玩笑,叫我爷爷呢?不要这样轻视我!我们是同志呀!你们全是年轻力壮的小伙子!你们能够眼看着把那些日本兵赶跑,你们一定会挺到享'新世界'的福啦!我呢……一生也就是这样的啦!什么苦楚我全吃过……"

"崔大哥不要尽说话!总要小心跌倒了。"小红脸亲切地说。

"不是这样说,你们都是年轻、强壮的小伙子!我呢!只要一看到萧同志说过的'新世界',是不是像说的那样好?只要看到,只要看一眼……我就甘心啦!反正老的东西什么也没有用!我死在哪里,你们就扔我在哪里——萧同志,你说的那样好的世界,什么时候才能来呢?把日本兵全赶跑了就成吗?"

"老伙伴!当心脚下的路吧,云彩今天遮得太黑了!——对啦,只要一赶跑那些日本兵,'新世界'马上就来!这是一定的。"

在阴夜里,萧明走在六个人的前头。为的辨识,不要使大家跑错了路,眼睛常常要睁大着,这样工夫一久,那会发生很不好受的胀痛!汗又开始在前额和身体各部分沁流。他知道自己这样说话是在欺瞒老年人。这话他自己全不信任。实在自己也估计不出"新世界"究竟诞生在哪一天。不过他知道"这是一定的",新的世界一定会来到的。

"一定的吗?萧同志?啊——?"

"一定的——"

"萧同志,今晚非挨浇不可!非挨浇……他妈的……浇吧!"梁兴在队尾喊着不甚大的声音。

"倒霉!挨浇是小事,也总得到哪弄点东西吃吃啊?萧同志,你是我们底领队,这里的地理你熟悉。"刘大个子说。

"不长进的家伙,你再回去吧!给他们叩顿头,他们也许饶了你,给你个官干干。"

久久不说话的李三弟沙着嗓子又在嘲弄着刘大个子了。如果在日间,可以看到那表情顽强固执、头发浓浓密密地压着那不广阔的前额、而眉毛似两条不蠕动的毛虫、眼睛深陷的人。他不大说话，除开和刘大个子说说玩笑，他常是阴郁的、沉默地咬紧自己的牙齿在思想。为了他曾是个缝鞋匠，习惯地坐在无论什么地方，两个膝盖总喜欢对并在一起。

"闭你底臭嘴——"刘大个子骂人的时候并不回头，"你以为谁也不如你有耐性吗？我们不吃饭，不歇一歇，跑一百里看——"

李三弟不回答他的话。人们谁也不管他们。萧明也觉得这样斗口，可以使人们暂时忘了疲乏，也并不阻止，还加了这样一句说：

"是的，大个子的耐性，也真不弱于李同志呢！"

李三弟不服了：

"嗯！屁的耐性，仅仅是干了这几天，就睡在石头上放赖，说尿包话！小子骨头跑哪里去了？赶快回去给你底主子当狗去吧！"

"你个臭缝鞋匠，你要不是我们底同志，我非枪毙你不可！"

刘大个子真的激起愤怒，同时脚步也在加快。

"不错，一点也不错！我是个臭缝鞋匠！还是祖传哩！你知道吗？你现在脚底下穿的鞋，破的时候是谁给你缝的？你还要枪毙我吗？好东西，你也要学会那些王八羔子们的方法，动不动就来枪毙人？"

除开小红脸和张德先以外，连老人家崔长胜，全耸声大笑了——为了李三弟这样骂人。

"老崔，把枪给我——"

小红脸几次回头看崔长胜走路艰难的样子，恐怕他跌倒下去，枪挂在肩上是危险的事。他走出队伍，让这老人将枪交给他。

"哦呀！不用吧？老家伙真是不中用的啦！这要累赘……累赘……你们！你要多……多吃力哪！"

老人家续续断断地说，声音是感动的，有颤抖在里面。暗中彼此略能看清轮廓，他将枪交给了小红脸。

小河流动的声音，已经不再听到了。蛙啦，虫子啦，一片叫着的声音，也远远落在后面。身近边的桦木林，也是渐渐地疏远起来——他们已经努力爬到长谷斜斜的左边一带长冈上面。横在前边的，又是一带墨样黑的针叶树。那吼叫是广漠的，潮水一样的声音，大河流走一般的声音……

"站下——"

来到林缘，萧明发出停止的命令。

"把枪准备好，上刺刀——这个林子在往常不很平安：狼、狗熊全有……要注意一点。无论遇到什么，听我底命令，不要乱发枪。发枪的时候，应该瞄准它们的脑袋——张德先同志，你应该担任全警戒。你的枪我知道全比我们发得准——前进，走。"

在每人全感到一种兴奋！孩子梁兴他比别人更兴奋！不能自制身子起着颤抖。干么呢？这又该放枪了？这是射击狼和狗熊，不是和日本兵打仗。他想也许会有一只什么倒霉的东西——无论是狼，还是一只小的野兔，给他们碰到。

老人崔长胜也拿过自己的枪。但他是可以不必准备的，安全地走在别人的中间。

在森林里走路，不如外面容易得多了。要在每条放倒或是耸立的树干间穿走，要在树身上去寻指路的标记，不然走错了，是不容易很快的就能穿出。

多少挟着威胁意味的树叶嘈声，一直在人们的顶空上流动着……

"小心！不要被横倒的树干、树墩子弄跌了。"

萧明还是在前边走，因为他比别人熟悉这条路。

松林是平安地被他们穿过了。人们又开始呼吸到森林外面的气息。流了汗，这一刻的轻松，在谁全是愉快的。

"他娘的，连一只兔子也没碰到！打一只兔子，到人家烧烧吃也好——"刘大个子失落了兴奋，挂下头，走在萧明的身后面。

"什么样倒霉的兔子，也不会碰到你吧？"这又是李三弟开玩笑。

"闭紧你底臭嘴，什么事情也少不了你——这碍着你什么事？"

"碍着我的事多着咧！"

"立定——"萧明低声命令着，"取下刺刀——"

天空的云，层积得完全没了空隙。听来不甚遥远的方向，有狗在吠叫。现在他们已经停止在长谷右面一带高冈的脊背上，跟底下的田野、人家、树林……完全被不可分解的夜纠绞、组织在一起。

张德先取刺刀，把枪的探条弄掉了，寻找了一刻。

"探条这东西最容易丢失的。应该拧紧一点，或是弄一条什么绳系住它……"

"雨点!"第一个是刘大个子敏感地喊出来。

是的,在一阵夜风由冈下面扯过来的时候,真的有雨点呛到人们的脸了。

"真是雨点呢!"

"这一定要很大哪!"

"闪!闪!"

"听吧!雷马上就来……"

"在闪下面,看见什么吗?"

"离我们十里左近,好像有人家?"

"有人家?"

雨的脚,开始有踏着草原,踏着田野的声音——已经清切可以判定——从下面,从有狗叫的方向,开着轻快的步子向这面扫来了。

夜风变得轻狂,乱打着每人底帽子。他们知道这运命是不可能逃避的了,人对于明知不可逃避的灾难,会变得更安定。

"雨是来定了。这地方万找不到能够躲避的地方。躲避现在也来不及。这附近虽然有人家,有狗叫的地方,还不能去,会用枪打我们。在这夜里他们也不会给开门——马上爬到冈的上头去吧……看见吗?到那块大石头底下去集合……"

萧明借了电光一闪动的间隙,指给他们看:

"……看见?就是那块最大的,探出身子的石头。赶快去集合。这里一刻会有山水卷着石头滚下来,马上就去。——王同志(小红脸底姓)你帮助崔同志,把你和崔同志的枪给我们——走……"

天的周垂,电光玩笑一样,接连地抛动不规则的火带。闪

八月的乡村

光过去,就是雷的轰鸣。

在闪光的照耀里,人们田鼠一般开始了艰难的攀登。

没有温情。急遽,轻爽,雨的脚已经开始踏到这些灰色田鼠的背脊上来了……

——声音是一片沙响……

二、这些全是什么人?

夏天的雨水容易降落,也很容易收场。不甚遥远的山下面河水的流动,有着喧扰和开阔的响声。身旁每块石头的缝际间,唧嗦唧嗦……也有水在流,像秋天蟋蟀唱的歌。

林啦,田野啦,以及看不到的茫茫远远的地方,全逞着意料外的恬静!这会使人联想到一个哭疲乏了的孩子,现在睡着了。

雨后的群星,变得更繁多、更美丽了。它们不是在有意注视什么,看来只是无聊地在眨动……

萧明熟悉地寻到了北极星——那是在大熊星的旁边,恰是小熊星的尾巴——他弄清方向,他觉到他们还得马上就走。

小红脸底头托到竖起的膝盖上,小烟袋空空地捏在手里说:

"弟兄们,谁有一根没湿过的洋火吗?"

明显地这会使他失望!雨水将人身上附带的什么东西全尽可能的湿过了,谁也不会有一根洋火给他。

"我们挨下这个冈去看,如果那个人家没跑尽,到那里去烘烘衣裳,顺便再找些东西吃——王同志也可以吃袋烟——起立——"

夜凉开始侵袭着人。衣服粘紧着人的身体,裤子阻碍人的走路,鞋子当然全是湿过的,油滑不得力,常常还要踏入路上积水洼里边,溅起来的水星,不被谁注意,又落到地面上。

帽子呢,再不能顶在头上了,顺了发梢每行一步,全要有后继的水滴淌流下来,直接摔到地上,或是缘沿着人们面颊上髭须的间隙,周折地沁到嘴角边。有时舌头也可以舐尝得到——滋味是不很好呢!

"他妈的,这回才算洗澡呢!连长那王八蛋,放饷扣我们每人五角钱——你们不记得?强迫我们非到他有股子的那塘子里去洗澡!那么多的人,就给一池子水,简直是给猪预备的阴沟!他妈那股味,活人也给熏死……王八蛋!就知道扣钱……"

刘大个子近乎大胆和放肆地骂着。他还是在这小队先头的第二个走着。他前边是萧明。

"他娶小老婆子的钱,你们忘了计算吗?"这声音是张德先。他是"第三连"的老弟兄了,和刘大个子在一班,是上等兵。

"娶小老婆子?别说,那小娘们还真不错!可惜,我就见过她两回……那回我和老李到他家去摊勤务……"

"对啦!"李三弟在队尾巴上答应着,"对啦,她不是还瞧着你笑过吗?你个不知死活的鬼!待两天她也许跟你跑呢!可惜你跟我们来啦!"

"不要你多嘴——"刘大个子粗鲁着声音。李三弟还是继续着说下去:

"你不要发气,实在呢……你比那个一脚可以踢碎的大烟鬼,不是漂亮得多了吗?她一定会看中你的。可真糟,你底脖子和大腿还应该再长点……脑袋再小点……脸蛋再黑点吗……那就更更更……漂亮了!——她有机会非跟你跑不成!"

在人们的哄笑里,刘大个子气愤到不能再说话一样,暗中里也可以看得出他的脖颈挺得很吃力。

"去——滚开——该挨揍的东西,什么事全要你插嘴。"

李三弟并不为刘大个子骂他而生气,他还是继续地说:

"我说的是……你总是忘不了舐主子屁股的想头啊!"

"兄弟们!同志们!不应该这样常常吵嘴吧?这能伤和气呢!是不是?萧明同志,不是常说革命的同志……一个阶级的弟兄……比什么都亲切吗?"

老人家崔长胜说话向来是缓和的。

"崔大哥说的很对,革命的弟兄应该你尊敬我,我尊敬你的,亲切再没有的啦。"

"这比我底烟袋,我底老婆、孩子、田地和家畜还亲切吗?"这话是埋在小红脸底肚子里,他没有说出,只是响了一下鼻子。刘大个子是这样想着:

"我不大相信什么'革命'马上就能来的。'革命'来了,我还是我啊!还不如现在去到那个'绺子'①挂个'注'②混二年,弄几千,到人不知道的地方一住;娶个小老婆,管他妈的日本兵走不走呢!管他妈革命到不到呢!什么……什么

---

① 系土匪中隐语,一帮。
② 系土匪中隐语,入伙。

呢……"

……

从山坡的腰端,有小狗吠叫的声音发出来——萧明在前头尽可能择选没有水泥的地方走。

右边群耸着不同形的山峰,有的和一只卧倒的拳头样,每处全是生了树木,可以听到树叶交互滴水到地上,嗒嗒地响。

那所茅草垛成的房子,虽然距离已经是不甚遥远,看来轮廓也还是不清楚。那像什么呢?低矬、臃肿,背脊贴近山腰,那里正好是一处凹下的坑,房子全部在坑的里面,就如一条狗,一条懒惰的狗,缩睡在狗窠里。外面还有墙一般的东西,全部用杂色石头砌就的,但已残颓得不成形了,偶尔看来,那只是一些乱石堆。

院心的面积不宽大,任意生长一些杂草。日间由山上下来的人,一些也不用费力,就可以看到院中所有的什么——一个有了缺口的石制的猪食槽和早就塌坏位置在墙角的养鸡仓。当然现在不会再有什么鸡和猪生活在这里面了。

树枝编成的院门,经过相当的日月和风雨的侵蚀,已经变成与房子、与这房子主人的命运相调协了。

爷爷睡在土炕上。窗外小狗吵叫的声音,使老年人由梦中清醒了,他吆喝着狗,同时他想:

"这又是谁来了啊?"

不爽快地睁开老人的眼睛。窗纸透着灰白,他继续吆喝这条狗,他怕这不安定的叫声,激怒了来的人们,这条小命又要被断送!老人的狗送过命的不知道几条了,这条是新从三十里路外背来的,还是一条几月的小狗崽。

屋角和炕的那一端由屋顶沁下来的水，很匀整地敲着地。破了的还半附在窗框上的窗纸，为了风的絮聒，使老人更焦烦！

孩子睡在爷爷的身边。孩子的头紧抵在爷爷多骨的肋下，活似一只脱了相的癞皮小狗，偎傍着老年的母狗。——小小的骨骼被薄薄的一层皮肤包裹着，郎当地睡在那里。老人什么也不担心，只是担心这个孩子，和小瓦罐里的半罐米。

小狗吠叫的声音近乎发狂了。老人手掌撑着炕，半翘起背脊，耳朵向外倾斜，身体开始起着痉挛——渐渐听到叽喳叽喳……树枝门呻叫的声音了。门似乎象征着老人的命运样，被解着体！老人熟悉这该是什么事情临到了——马上是一些奇妙、没有温情的面影浮现在眼前。那该是一些拿着枪和不拿枪的，鹰一样，狼一样疲乏和饥饿的人们。

"天保佑！让鬼全抓了他们去吧！"

老人祈祷一样合起眼睛，两只手抚盖着孩子的头。已经再听不到狗叫了！窗外有人在说话：

"老人家睡了吗？开开门，我们要进去歇歇腿脚，随后就走——"

声音在老人听来似乎很熟悉。同时他想这人怎会知道我是老人家呢？

"你们要进来？这里可没什么吃的啦！"老人底嗓子沙哑着。

"我们歇一歇就走的！"

"那么？……嗳嗳！我就去开门——"

在一刻慢慢地摸索声响里面，有火柴划动的响声。窗纸上现出焦红的光亮，投射出老人放大带些摇颤的头影。

门开了，老人躲在黑暗里。一直待所有的人全走进来，他又将门拴好：

"辛苦呀！诸位老爷们！"

老人勉强笑着，当他说完这句话，立地又感到一种错误似的慌张！他想：他们是官军呢，还是……呢？这是应该说"发财"；说"辛苦"是不相当的啦？暗小的眼睛，从顺，勉强，尽可能躲藏在眼盂里面。

人们，谁能够答复这老人的询问呢？他们似乎全明白老人怎样估量着他们，他们被当作什么人在看待着。

屋子立地感到更狭小、低矬……要窒息死人！动转是不便利的，争先每人脱下自己的步枪，使它躺放在炕上，或是倚立在人踢不倒的墙拐角地方。不经意，脚下踏到地上的积水，杂响出唧叫的声音来……

孩子感到慌张！一种惊觉后迷惘的不安，包围着他。他偎蹲在近窗个炕角里，眼睛扩大随着每人在不灵活的转动。使人想到，医生在酒精瓶里浸存着不足月的胎儿——一个头颅四肢不调协的小东西。

"老爷们，一定够辛苦了啊！坐下歇歇腿脚吧！"

老人的嗓子有什么阻碍着似的，声音一点也不响亮。他一向是猜度地看着这些人。这该是些什么人呢？官军没有这样安定，不喧叫。胡子①吗？胡子在老人是见惯了的。胡子里面老年人不多见，有的多是壮年的汉子，也许有些不安分的孩

---

① 土匪。

子们。他只是昏聩地想不出什么道理来。似乎又熟识那个正在拧身上水溜的青年人,他想在窗外叫他"老人家"的也许就是他?——孩子却一刻已经熟悉这一切。由炕角爬出来,又偷偷偎在爷爷的身后,他说:

"爷爷,爷爷,那是萧叔叔!"

被萧明听到了。他伸展着两只手,那是表示他底手上有水还没干。——走过来:

"你还认识我吗?小成!"

"认识你,你是萧叔叔!"

老人为了孩子的聪明,颤抖地笑着!萧明也笑了!

"老头子,有什么吃的吗?拿出点来!多多的,快——"

刘大个子扯着他习惯了的嗓子,好像当兵时候,在乡村对付吝啬农民那样命令和恫吓着。

"这里能有什么吃呢?别再这样吹胡子瞪眼睛!你不知道我们现在是干着什么吗?"李三弟赤着背膊,正在狠狠地擦着身上的泥渍,说话时眼睛严肃地逼着人。

"老爷们,这里没有什么可吃的啦!"

刘大个子不言语了,又如先前在石头上那样气闷地睡到炕上去了。小红脸寻到火柴,已经开始吸起小烟袋。

"老人家,你若是有米,拿出来我们煮点吃。"

萧明商量着老人。老人他不晓得这当前的问题应该怎样回答。他不自然地充作大量说:

"随老爷们的便吧!就有坛子里一点米了!老爷们喜欢怎样就怎样!柴火是不好点的啦——全湿了,这几天尽下雨,下雨……"

刘大个子第一个自告奋勇去烧饭。梁兴也去。老头子从一堆乱东西的下面,提出一个小罐,罐口已经有了残缺。

"米就在这里吗?"刘大个子蔑视地将手探入罐子里:

"就是这点点?"无疑地人们全为这太少的米,哑默下去。

"我们每人少吃点吧!熬粥还可够吃的。"

粥好了,因为饭碗不足,只好轮流着吃。老人如同在受难一样看着每个贪吃的人。他们是那样的不谦逊啊!

萧明指着那个孩子说:

"这是个聪明的孩子呢!一年以前我来过这里,现在他还认识我!他爸爸我们同过伙伴,一个很忠实的人……我们打白石山……他'过去'①了!很惨!日本兵完全用刺刀弄死的——现在你问这孩子,他会告诉你,他底爸爸和妈妈全是怎样死的。"

"你爸爸怎样死的啊?"

"日本兵拿刀杀的!"孩子发音完全清楚。

"妈妈呢?"

"也是日本兵。"

"你怕不怕日本兵?"

"我?……"孩子看看每个人说。

"怕?——不怕!"

这时老人放心了。他知道这不是官军;同时为了这孩子的乖觉,使他欢喜到要流泪,忘掉了咒诅,也忘掉了那半罐米,

---

① 死。

他很大胆地问着：

"你们诸位一定不是官军啦！你们是打日本兵的义勇军吗？我底儿子也是来着……他'过去'了……这孩子……长大我一定也让他去……替他爸爸妈妈报仇，把日本兵全杀死！我现在老了，若不……反正穷人就是一个死！日本人逮住老百姓，只要你年轻一点……就非给弄死不可。日本兵也常从这里过哪！他们常常吓唬我，用刺刀在我底头上擦着玩！——"

老人兴奋起来活似一个青年人。他又向萧明说：

"……在去年这个时候，你不是常到我们家里来吗？那时候，我底儿子、儿媳妇全活着——怪不得今天我听你的口音，就觉得熟呢！"

萧明感到一阵伤心——他看着这老人可怜的兴奋！

"老人家，我们不是义勇军——我们也打日本兵。"

"你们不是义勇军吗？"

老人底眼睛灰暗下来了！又恢复了他的衰老！

在黎明的时候，他们才开始离开这个小屋和这个老人。萧明把一柄小刀送给那个孩子。

"这些全是什么人啊？"老人手领着孩子，迷惘地立在门前，一直看着，一直看着……山谷的树叶把他们盖没了。

……

太阳已经高升到距地平线快近四十五度方位。

山坡倾斜也显得缓和，渐来渐缓和……

下了这个山坡，由两山中间鞍部又向右面折下去，底下又是一带长谷——

树叶上面，草叶上面的积水也闪光。一种雨后的苦热，既闷气又潮湿!所有山洼地方的积雾,全升向山峰的地方,一刻又变成行动很慵懒的云,顺着风的方向转动着浮开……

下了那两座山的鞍部,又是爬行一般走在谷底。两边的山峰虽然不是怎样陡立的,不过这谷底却是很狭窄呢,人只能单行的走。

"同志们,快了,出了这个谷口,再过一条河,对面在几个山怀抱里的那个堡子,就是王家堡子——出了这个山口子,就能看到一座炮台,石头堆的,在那边山头上。炮台上面一定有红旗,如果他们在那里——他们一定有人在这里等候我们……"

由老人那间屋子走到现在,谁也不知道已经走过多少里,除开萧明。——那是天还没有完全黎明就出发的。

"现在我们应该更努力,起劲走几步——只要一脱出这谷口,一看到那卡子上有红旗,就什么都安全了。"

这是一种希望!在老人那里吃过的粥,现在早已经消化完。希望就如稀粥一样,代替着在每人底肚子里消化——只要一挨出谷口,一看到卡子上的红旗,便什么全得了救。

不可避免,每人全在揣想,揣想当前曾梦一般希望过的希望,现在真的就遇到了吗?那该是怎样呢?他们全是从哪里去的弟兄呢?他们在怎样生活呢?我们到那里不会当作另一样看待吗?因为这样莫名的疑猜和兴奋,队尾的李三弟竟唱起歌来:

　　起来!饥寒交迫的奴隶……
　　起来!全世界的罪人……

八月的乡村

满腔的热血已经沸腾……
作一次最后的斗争……
旧世界……

一刻全为这歌声感动得合唱起来。老人崔长胜流着泪。感动地舒展着脸上的皱纹。——这歌声是没有节奏,缺乏训练,不整齐的……

"萧同志,有工夫你一定也要教教我!我不是也应该唱唱吗?这是再好没有的歌啊!"

"好,我们一定应该全会唱!这是我们底口号!现在我就教给你,这是最容易学——来!先唱第一句:

起来!饥寒交迫的奴隶……
起来!……"

萧明为崔长胜改正着老年人的声音,解释着错误说:
"……'起来'两个字,更是'来'字,应该拉长和再高一点,'饥寒交迫的奴隶'的那个'隶'字长一点,沉一点……像一条铁拧成的绳……"

就如军队行军,或是出操时候唱歌一样,萧明唱一句,崔长胜和别的人们复诵一句。一刻是整齐了!加上山谷的回应。——啊!这是一片轰鸣!这轰鸣一直是由山谷里倾泻出来,向着对面山头上有红旗飘动的方向,广漠地飞扑过去……

三、第三支枪

田野上，高粱红着穗头，在太阳下面没有摇曳。收割的日子虽然一天迫近一天，今年却不被人们怎样重视。村子里少壮的农民，更是不注意到这些。镰刀在房檐下的刀挂上生着锈……所有的什么也没准备。全是迫切的捎着自己的枪巡逻呀，守望呀……在被指定的地方。有的时候偶然聚在一起，他们也会谈论由队部那里听到的，是一向由他们祖先也没听到过的一些新的话，新的故事。在他们谁也不肯显示自己不聪明；全要显示自己是英勇的，没有一点胆怯或怜悯来杀一个日本兵，更是杀日本军官。他们卑视这些东西，他们知道这些东西再无能也没有！有时竟嘲笑到过去的俄国人。听老人说，在日俄战争的时候，好些俄国军队全被日本兵给打败了。就因为俄国兵没纪律，那些将军和兵们全喜欢喝酒。

"妈的，这年头非干不行。反正不是你死，就是我活！眼看日本兵一天比一天凶！我们的老婆、孩子、爸、妈，不干还不是教那些王八羔子们，白用刺刀给捅了？——司令那家伙真是条汉子，真可以。"

"你说司令吗？他底老婆孩子要不全教日本兵给弄死，他恐怕干的还不这样起劲呢！人反正他妈的得逼！——听说又新挂上了七个人，是从兴隆镇拉出来的。全有枪……"唐老疙瘩，躺在一棵树底下，眼睛半闭，他的步枪也并排地睡在身边。

"听说，这七个人……原先是九个，半路上'过去'两个，萧明原先就是我们的人，那不能算数的。"

"萧明，那小伙子也真行，本来是个学生，能和我们一样吃苦，没白念书。"

正午的太阳，火一般燃烧在人的头顶上。——全躲在这棵树荫的下面……

高粱叶显着软弱，草叶也显着软弱。除开蝈蝈在叫得特别响亮以外，再也听不到虫子的吟鸣，猪和小猪仔在村头的泥沼里洗浴，狗的舌头软垂到嘴外，喘息在每个地方的墙荫，任狗蝇的叮咬，它也不再去驱逐。孩子们脱光了身子，肚子鼓着，趁了大人睡下的时候，偷了园子的黄瓜在大嘴啃吃着。

这好像几百年前太平的乡村。鸡鸣的声音，徐徐起来，又徐徐地落下去，好沉静的午天啊！

唐老疙疸，睡不着，坐起来，寻到一枚草叶咬在嘴里学鸟叫。人们骂他，他吹着草叶提起步枪走了。他要去看看李七嫂。七嫂是住在离此不远大路旁边的一所小房子里。

由树条篱笆的缝际，他看到七嫂整个的胸膛了，她正在捧着一只大乳头乳娃娃。头在低垂。头发浓密得怪沉闷，嘴里哼唱着催眠歌，在唐老疙疸听来，这歌声和那胸膛同样有迷人的气息！他停止下脚步，拾了一颗小石块，轻轻投向七嫂坐在的窗口下面去。

"谁呀？"里面的声音不很响亮。他知道这是怕惊觉了孩子。轻轻推开篱笆的门扇，先使自己的脸探进去。这个脸使七嫂吃惊一样地笑了。笑的时候，充满了蜜一般的单纯。

"你个'下色郎'！为什么这样鬼头鬼脑的？怕有狼，还是怕日本兵吃了你吗？"

唐老疙疸的眼睛细成一条缝，嘴角开始向两边拉长。他一直是没有声音，只有动作，来在对面可以伸手摸到七嫂任何部分的窗口前面。步枪安放在一边，两个肘子抵到窗台上。那窗台只是几段手臂粗细的圆木拼成。一切什么全在晌午太阳的下面安静着，沉睡着。

"你不去守望，又跑到这里来干么？"七嫂底眼睑浮肿一点，眼睛发燃，一直热望地追随着这个青年农民每个动作——那浓密黑黑的头发，那棕色宽阔完全裸露的肩膊头……什么全使她惊心！

"孩子睡着了吗？"

"孩子睡不睡，管你什么事？你个屁东西……又打什么念头？"七嫂这样说，唐老疙疸却只是沉静着声音，更甜蜜地在七嫂不提防中，拧了她一下充血的颊。这使七嫂的脸更红了！显然可以看出她心脏起伏的不平匀：

"你等着……我放下孩子……非痛打你这东西一顿……你不知道厉害！"

孩子确是放在炕上了，七嫂却没有真的来打这个年轻的农民。她只是红着脸颊不敢抬头来整理自己散乱下来的头发。

在一刻的辗转中，这个青年农民的短须，已经开始刺到那充血的嘴唇上……

……

在不甚遥远的那棵树下，人们底枪全握在手里。

"有什么事情发生吗？"

他反掩了七嫂的门，身体感到病一样的松软。步枪在他底肩上比来时要加重了五斤。——不再用草叶学鸟叫了。

"你这驴，到哪去躲懒来？什么全要被你耽误了。这样……我们要到司令部里去讲话——"

值班队长在发怒。他高高的身材，挺立在那里，手枪挂在腕子上，俨然似一只没有翅膀的鹰。他曾是奉天戚家店的一个农民，当过兵，因为复仇也去当过胡子，现在他也来加入人民革命军，开始和日本兵，和一切阻碍他们展进的敌人们斗争。他杀起人来向是没有温情的。他严厉得如官长一样对待他的部属，人们绰号全叫他"铁鹰"，这是象征他的猛鸷和敏捷。

"去——将这位同志送到司令部去。回来你也要和他一同回来。"

唐老疙疸在这样队长的面前，他一向是没有辩白的。他领着那个穿了农民服装的，而确似一个工人的人——由他底鼻孔和眼窝，可以知道他是一个在铁工厂生活过很久的。

"同志，从草市来的吗？"

"从草市——"那个人因为走路太急速和过多的缘故，显着疲乏。他频频地问到司令部的路程。唐老疙疸本心想要知道这个人是来报告什么消息，或是有什么任务，但他知道这全不是他本分里的事。

"你在车站工厂吗？"

"对啦。"那个人用眼睛看，看唐老疙疸的臂章——那是红色布制成的，嵌了一颗单纯的星，颜色是黄的。为了风雨和日光，颜色变得不鲜明了。不过那是红的，也还能辨得出。——随后又笑笑地说：

"你们全是有武装的同志啦！我们那里只能够罢工！除开罢工什么武器也没有。现在工厂的四周全有铁电网、地壕，机关枪是日夜架在那里哪！日本兵就驻在附近。他们不敢用我们的弟兄——"

　　看到红旗飘动了。这个工人脱掉帽子，他在致敬礼。在他底眼睛里飞射着愉快的闪光。

　　"那就是我们的司令部吗？"

　　"是啊！那就是司令部。"唐老疙疸觉到这个工人过于喜悦了，喜悦得什么全忘掉了一样。同时也感到自己是在干着光荣和伟大的事业了——李七嫂底胸膛，那值得夸耀的乳峰，也在这伟大的欣喜里消泯到无影无踪了。

　　"这位同志，你贵姓啊？"

　　唐老疙疸告诉自己底名字给他。更兴奋地诉说自己以及全队几次作战的英勇。

　　有风飘动高粱叶和豆叶的声音，一股野蒿和小水沟混合发出的气息，使人感到燥渴。

　　"日本兵才是尿种呢！笨得像狗熊一样！他们也想爬山！他们底东西到这里什么也没用，炮啦！机关枪啦！会拉屎的飞机啦！那有什么用呢？我们什么全比他们熟悉，哪里有山洞，哪里有小道，我们全知道。我们的人一天比一天多的啦！就说现在每天有人来投降……你到司令部……一定能看到一个姑娘……她要和你讲话……她常常要召集我们讲话的啦！她也会放枪。她教我们认识字，也常说我们为什么非打跑日本兵不可的理由……"

　　舌头因为缺乏相当的湿润，在他底嘴里感到不灵活，而他还要继续诉说他所知道的：

　　"……你不能看出她是一个外国人。她真的可是一个高

八月的乡村

丽①人呢！她底爸爸是一个高丽革命党的首领啦，听说在上海；也不知是教日本人给弄死了？还是怎样……她是在我们中国念过书——"

通过了村子的堡门，由值班的略略询问几句，便单独的带了那个人去；唐老疙疸厮混在别的伙伴群里，开始去说笑。

……

日暮的时候，那已经什么全布置妥帖。

铁轨静静睡在枕木上，丛草和田野上的庄稼，没有骚动。三十个人里只有二十支枪。三个人两支枪，这是没有富余的。

太阳在背后不被注意地沉落。铁鹰队长，手枪仍然悬在腕子上，来复地走。转动他猛鸷像鹰样的眼睛，察看每个人的位置和姿势，是不是适宜呢？枪口或是头顶翘得太高了？会被敌人发见，如果他们停止了驶进，或是有着准备，这是要棘手呢！会白搭了子弹。

"同志们——一切要听我的口令。"

铁鹰队长说话总是这样斩绝，他不等待谁的理解。当他执行命令的时候，他会变成命令的本身——唐老疙疸不高兴他这样，但是还是一点没有违抗地遵行他底命令。他嘴里咬碎一枚草叶，吐在地上，接着第二枚又咬到嘴里——七嫂底形象又擒住了他。在路基两旁不甚深的丛草中间，人们的身子可以全部埋下去。头呢，帽子除掉了，用草做成一个环替代了帽子，这样可以掩护得更周到。没有枪械的人感到一种空虚，他们开始聚拢一些峻利可以抛击的石块在身边。

---

① 即朝鲜。

"还不见影子啊?"伏在那边一个人说。

"这铁道一点动静还没有啦!"

"倒霉的东西们,必定玩够了,才来送死呢!"

"从草市到这里,也是百十里路哪!王八们准是又全喝足了酒啦!他们在车上也准带了不少吃的东西,酒啦!煮熟的肉啦!牛肉盒子……一定也全有!不信?"

"嗯!"

从距离似乎不很遥远的方向,有汽笛悠长鸣叫的声音可以听到。随着是一种固执而单纯的车轮行在铁轨上的骚动。

前边一棵树上瞭望的人,手中的小红旗也开始伸出向这面展动——这是一种信号。两面山峰是险峻的,这是隧道一样的不可逃避。铁鹰队长更接近地,在伏着队伍的前面,口笛咬在嘴里,手枪已经不再挂在腕子上而紧紧地握在手里——那是说他迫切地又要开始和敌人赌生命了。

铁轨条在枕木上增加地起着骚动!人们的颊骨开始突出着,眼睛燃烧,握枪的手变得简直有点不准确。差不多这是窒息了一样——虽然这战斗并不是第一次。

晚风刮得凉爽,一个美丽的黄昏。随着一种轰鸣,一种近乎残暴的轰鸣,在口笛的尖叫里,这个软瘫的长蛇,早已被抛在了一边。那每个机轮,还在转动,这是一个运命的结束。

骚乱很容易就平静的。在那边是一堆没有死掉的兵。他们是官军,由草市向平泉为日本兵去送给养和麦酒,还有弹药……

"兄弟们,该多谢你们哪!辛苦啦!要你们送来这些枪——"

八月的乡村

铁鹰队长,看来很温和,但是他底眼睛还是在回翔——手枪又开始挂在腕子上。那是灰色的一群,他们疲困地暗着眼睛。一刻有点熟悉了,一个兵他竟很熟悉地喊到铁鹰队长:

"队长,我认识你,你缴过我两次械哪!你应该放了我们吧?我们会再给你们送第三支枪……第三支……一定的!"

"对啦!弟兄们,我们本来不应该伤害的,这是不得已——马上就放你们走。"

在一切完结了的时候,只有那个连长应该枪毙——

每个人底枪全是双着的。在归去的时候,铁鹰队长的手枪却插进了腰带里去。

……

这里遗留下的是什么呢?跌破了的麦酒瓶,不必要的弹药箱。列车伸长地躺在一边。机车里没燃尽的煤火,现在也不再有多少烟可冒,所听到的声音,是几个伤残的士兵不能动转的呻吟。他们不断地呻吟和大骂:

"这,遭了什么王八羔子灾难啦?"

"遭了日本兵的灾难啦!"

"说话的是谁?——啊,还是你,我的一条腿算完了!"

"救急车还不到吗?军医这些兔子们,一个好心肠的也没有——"

"放我们在这里——嗳嗳!连身都不能翻一翻,我的腰骨,一定是完了!这些义勇军王八们,干事真缺德!他妈的,逮住他们非枪毙不可。嗳,嗳哟……"

"喝他妈的什么浪酒?连长这东西,晚间睡女人、白天睡觉!现在横竖完了。——你们看,那个大个子的义勇军队长要枪毙他的时候，该多尿！磕头。平常你看那神气……还了得吗？真是……"

"当兵的命，到哪里也是一份穷兵！"

"……"

"……"

声音渐渐不连贯，含糊到不能听清楚。麦酒的气息还是很强烈的在发散。留着看守这残废人群的人，全躲到高粱地里将由车厢弄出来没跌破的麦酒瓶、鱼盒、肉盒啦！还有橘子和苹果，开始吃和说。有时他们想到不能动转的人，他们用一个人将一些东西送到他们手可以取得到的地方。至于已经死了的，就谁也不再去理他。

"忍着疼，也要吃点，这是机会啦！若不，能捞到吗？这是给日本二大爷预备的！一样是兵，人家就要吃这个……"

"义勇军怎样？一定弄去很多吧？跌晕了，什么也不知道。"

"没有，连一盒烟卷也没动，这真该佩服人！就是把枪全弄去了，子弹也没剩——里面还有我认识的呢！我们在一起当过兵！这些人真够朋友，可怜他们的衣裳穿得可太不够朋友了——光着脚的全有！"

一个兵他吸着香烟。在每个跌伤了的眼前，放下一些可以吃的东西。要吃烟的他给他们燃着了火柴，但是也并不给他们麦酒喝。

完全是安适的。这俨然是一个行乐的机会。他们并不担心义勇军第二次再来。他们知道义勇军对于兵士是没有伤害的，许多的弟兄全知道。

几条毯子铺就在地上,高粱被四开的压折下去。兵士们嘴里唱起思乡的小调,兴奋的时候,便响亮地向山壁上抛着牛肉的空罐和麦酒瓶子。

"'百灵鸟',你再唱一支想老婆的调调子,俺底老婆现在不定叫谁搂着睡呢!"

谁在叹息了!于是"百灵鸟"当真又唱起一个思乡的调子:

> 一更里来,月亮照窗台,
> 奴家的丈夫怎还不回来?
> 当兵啊,一去三年整……
> 这样的岁月怎么叫人挨?
> ……
>
> 二更里来,月亮照满窗,
> 悔不该嫁了一个当兵的郎!
> 当兵的人儿是东啊流的水,
> 只要离家哟!就没有个还乡……

"唱三更……"人喊着,粗鲁地喊着,冤枉地喊着……

> 三更里来,月亮正当头!
> 天河啊两岸呀!织女与牵牛,
> 神仙哪……一年还有个团圆团圆的日呀……
> 夫妻们呀,相逢还要几千秋?……
> ……

四更里来,月儿半朦胧,
夫妻们呀……梦里怎也不相逢?
少柴无米呀……才逼走了你,
恩爱的夫妻呀,两啊两西东……
……

"百灵鸟"底歌声不能唱下去了!一种酸心,一种说不出的恼怒,激怒了摊在地上那些伤残了的人。他们开始怒骂"百灵鸟":

"'百灵鸟'小兔子,唱得要人命啊!唱个别的,唱个轰轰烈烈的——别尽教人难受……"

"不,'百灵鸟',还是接着唱这个,唱第五更呀!唱!唱——第五更……"

"百灵鸟",一个很漂亮的小兵崽,在日间一定看到他脸色要涨红。

"伙计们,听吧!唱完第五更,救急车就会来的啦!"

"百灵鸟"底歌声又起了,这是不如先前响亮:

五更呀里来,月儿挂西天,
世间哪有谁知当啊当兵的难!
打了个胜仗呀没有个归家的日……
打了败仗呀,骨肉不团圆!
打了败仗呀,骨肉不团圆……

"他娘的,我们这是为谁打仗啊?"

这声音一直飘过深谷,飘过每个人底心孔,浸过着无限际的远野,不蒙解答地横飞过去了!

……

胜利战胜疲乏。

"同志们,这枪全是半新的哪!一色大盖①,是不是五十支全缴来了?有没有损坏?好,回去再看吧!那个狗连长的一支手枪在谁的手里?"

铁鹰队长响亮着嗓子,在暗夜里,显得身材更挺直了。漂亮地,嘴里吹着口哨,吹着各种小曲,走在前面。

唐老疙瘩摸一摸那手枪的尾巴,还是很安适地塞在自己的裤沿里。他什么也不说,在队伍里,枪比什么都亲切哩!手枪更是难得的东西。

"那一支枪,并不好,不过那是一支手枪呢!"

铁鹰队长,他显着比谁全愉快,把话又转到别的身上去:

"你们一定听到啦!那个当兵的弟兄说,他还要给我们送第三支枪!"

"队长同志——"一个人在队尾巴上说话,"你为什么要毙那个连长呢?为什么不毙那些兵?"

"那狗东西是非枪毙不可的。兵们呢,全是好弟兄!'兵不打兵'司令不常是这样讲吗?那是总得看在什么时候了。日本兵也是一样,逮住不一定就杀了他——可是官一类的东西都是饶不得的。"

归路经过李七嫂底门前,已经听不到孩子的哭声,也没有

---

① 三八式步枪。

灯光。

经过每一个卡子,那全要有口令问答的——这是第一道卡子:

"口令?"随着是扭枪机的声音。

"胜——"

"胜。领字?"

"铁——"

缓和了,在沙囊后地坑下面有人爬出来。灯光一闪,探视出相互的面貌。

"铁队长同志——"

"萧明同志——"

"回来很快!司令知道你们必定胜利,所以没派援队去。命令我在这里接援你们!"

萧明亲切地握过铁鹰队长底手,又相互举举臂膊,但这不是行军礼。他让这踏着胜利步子的——这已经近乎勉强——一队,过去了。这里是有些灯光的,这全可以用鬼一样的眼睛相互传达着尊敬的笑意。偶然发见了在赤着脚的上面,有了胜利的血渍!

萧明叹息埋在自己的心里:

"这是胜利吗?"

刘大个子和李三弟到前山去巡逻,回来了,他们知道胜利的消息,特别是李三弟,他欢喜得不知道该怎样。

"萧明同志,你一定看到啦!他们弄回多少枪来?那一定一人要背三支两支?"

刘大个子并不怎样关心到枪,他问萧明:

"他们是不是截的给养车?那样,他们缴械,一定要吃一顿饼干……罐头……保准麦酒也许很多咧!嗯!我押送过这样的车,也是给日本军官们送去……"

半睡在地坑里的别人,也被他们扰乱醒了。接着第二班巡逻的人又开始出发。

露水是很浓重的。为了一种内心的烦乱,萧明很闷气地不再蹲在地坑里,轻轻地爬出来……

草间露水浸入鞋里另有一种沁凉。天东已经有海水似的云了。太阳还没有光带放出。在几千米远地方的树木也还是很模糊。

听到有汽笛在什么很远的地方不断地长鸣着……

"这许是敌人要来攻击吗?"

遥远的,遥远的,是什么声音呢?飞机不很轻快地穿着薄薄的云层,向这面飞动了。

他观察得够确实,他写了报告用脚触醒了刘大个子:

"什么事啊?"刘大个子蒙眬地坐起来。

"去,赶快,将这报告送到司令部去——"

"什么要紧的事,这样急?"

"敌人快要来攻击我们——"

刘大个子不相信一样,挺起他黑细的脖子:

"叫李三去吧!"

"一定要你去,李三留在这里还有用。"

萧明变得严厉。

"好,我去,我去……我回来还到这里吗?"

"那是当然的——"萧明接着说,"司令如果有什么命令，你要赶快带回来。"

刘大个子夹起自己底步枪，爬出了地坑，听到飞机哼叫的声音了，他感到一种空虚——这如果接连投下几个炸弹，便什么全完结了。

沿着树荫前进，时而要伏到地面上等待动静——事实，飞机并不会为了他一个人就投下炸弹来。

尽可能利用他当兵时候由每次战场上记忆起来的经验，躲避着，前进着，他知道这报告是非赶快送到不可的。

"天照应吧！革命的红光照应吧！"

这是一种祈祷，一种盼望，使刘大个子由空虚转到了充实。

"该是一种错误吧！革命和当兵是一样的危险啦！全要赌生命！娘的，全要赌生命！"

他很悔，不应该不和李三弟一同来。那是一个胆壮的家伙！什么也不怕。有他在跟前，他也不会这样软弱的——为了面子的缘故。

"当了半辈子兵，也没娶到一个老婆！现在革命了！也许'命'革完了，大家就全有了老婆了。革了命老婆就可以不用钱买得啦——娘的，飞机一下蛋，就什么全完了！"

思想似几千条电的闪光，但他底眼睛还是不能改变地盯住前面。

四、夜袭

"非得退却不可——"

"为什么呢？"司令对面那个高丽姑娘说话了。这在刘大个子比听司令的命令还紧要。那是一个很漂亮的小姑娘，眼睛像两颗黑宝石；表现着充分的顽强——突出的，生着很浓黑的头发，一个饱满的前额。

"你写一个命令！"司令随便用两只骨节奇突的手指，轻轻地触动着桌子。他发音不很漂亮，而且又有些重浊，继续命令着他的女秘书说："要这样写：接到命令，就将原有守地的堡垒破坏，马上退却。随便采哪条路。在下午两点钟，一定在龙爪岗集合。教他们不要惊动住民——写上发命令的时刻。"

司令说话直到完，他底面部也没有变动。每个字似乎全在思索，全艰难地从那很整齐的牙齿里迸出，眼睛投射着远方，一刻又投射到命令纸上：

"就是这样吧！誊清了我来押名字。"

命令一共是五份，每张都要押上"中华人民革命军第九支队司令陈柱"。

"这位同志，把这份命令你拿去，交萧队长同志。"

"没有别的事吗？"刘大个子虽然用习惯了当兵时候的姿势，挺立着讲话，但他底眼睛，却贪婪地看着那个高丽姑娘——她在忙着整理什么呢？笔啦，纸啦，一直是向着囊子里装。最后把一支手枪也挂在自己的肩上。

"就是这样，你要用跑步——马上就走——"话很简单，什么不走的理由也没被刘大个子找到。

陈柱眼睛送着这个长条个子，转动着不大强健，也不大灵活的背影走出去。他没有批评，也没有思量。

"你收拾。收拾好了，弄妥自己的手枪，我们马上就要开拔——"

女人没有说什么……

陈柱眼睛显着深陷,说话声音也近乎深陷地走出去。口笛一头的皮条套在脖子上,笛子却装在左面胸上一个衣袋子里。袖子高卷到胳膊根,习惯一只手常常要抓紧腰间的细皮带。他底手枪是挂在身子的右面。

天气有点阴惨!太阳被朝云遮蔽得够受,才透明,又被后来的云层填补了这缝隙。朝雾也还没有散,在后来竟变成准备要落雨的云。屋前的石阶像被雨水浸过一样湿润。

"……同志们,在半点钟以内,把什么全弄好,现在把不必要的东西先埋在地下——不要惊动老乡。崔长胜同志呢……把他送到可靠的人家去……他是个老年人,还在病着,敌人就是进来也许伤害不到他。解散。半点钟听我的哨音,还在这里集合。我要检查——"

崔长胜深深睡在东面一带厢房里。在起始集合的哨音就叫醒了他,接着他听到纷忙的脚步声,接着是司令底宽大而不甚响亮的讲话,而后呢!又听到关于他。

"这是怎样了啊?要向什么地方退却呢?一定是日本兵进攻来了啊!是的,他们夜里弄来了那些枪!我是被留在这里了!日本兵一定会杀死我,这堡子里的男人,除开太小和太老的,一定全跑的啦!剩下些女人们!还有我……"

一种酸心和嫉妒的交流很凶猛地穿过他底周身:

"要留下我吗?为什么呢?我是应该叫敌人的刺刀穿死的啦!"

一种愤怒激动得使他要坐起来,也同别人一样,拿起自己的步枪。但几次挣扎使他失败了!他失败得像一个孩子那样哭着。当每一抽动,可以看到那肋骨怎样地透露。外面又听到纷忙的脚步声,他知道这是解散。恐怕马上就有人到这里来,如果看到他这样,这是一种耻辱!

"为什么呢?老的东西不应该死掉吗?这是很合理的——这是为革命死的哪!"

他宽慰自己,努力使自己伟大,可是不过一刻又使他陷入了不可分解的悲怆!空的大炕上,席子不完整和污黑。地上,炕上以及每处,可以看到破得难堪的鞋子和被遗弃的子弹空壳。

对窗屋子里拉枪栓和说笑话,使他格外的焦心!他知道同来的伙伴一个也没在那里。他已经几天没见到萧明了。他也想到小红脸吃烟袋时的样子;至于刘大个子呢,他一向便不喜欢他;切心地想念着孩子梁兴。

"崔同志,怎样?"崔长胜在梦一般的蒙眬里,觉到有灼热的手掌摸抚到自己的前额。他将眼睛翻到陈柱底脸上,随着他看到站在旁边的是那个高丽姑娘——但是他说不出话来。

"我们暂时要离开这里,你怎样,我的意思……你留在这里……不会有危险的,我们已经安排妥了一切。"崔长胜只是不适度地点点头。

高丽姑娘拿过他的手,一面凝视自己腕子上的时表针,崔长胜感到一种很不安的舒适。

"多少?比昨天?"陈柱说。

"渐少……"高丽姑娘缓缓地又将那只手送到原来的地方。

"我们就要出发,立刻就会有人来抬你——同志!我们很快就会见到。"

崔长胜用眼睛送走这两条温和的影子。现在他恬静,安适,也不感到酸心!只有笑着老人的脸,等待他们或是任谁给与他的命运。

在临出房门的时候,安娜低低说给陈柱,那老人的脉搏,比昨天一百动又多了十几动。陈柱的眼睛只是更深陷些。

一具软床抬着这老人走了。陈柱站在屋前石阶上,口笛咬在嘴里。太阳还是透不出光芒,天空显得狭小,南边远远的河流,像不动的水银。

"……不要惊动,半点钟到堡子西头'羊肠口'那里集合。沿着有行树的方面走,记清,就是那个小桦树林子里。——现在正是八点。出发——"

一共是五个小队。陈柱目送着每个小队全走去——严肃,没有烦扰。口笛照旧投在袋子里,他增加了一支步枪,挂在肩头上。走在他后边的是安娜和另外三个人。她没有步枪,只是一个攮子,和一支手枪。

有飞机拨着云层发着哼声了。人们的脚步轻急而巧妙地躲避路上的石头。

……

命令像有翅膀的火蛇,穿着每队,穿着每个人的心孔——这是退却的消息。

退却在老队员们是和攻击一样平常。没有感动,没有骚乱。虽然新加入部队不久的伙伴们,会感到不安,这不安很快也就变成安定,就如什么全安排定了一样,全循着这"安排"

走。

小红脸安定地吸了几天烟袋,在他预感到也许又没了他吸烟袋的机会了。刘大个子空虚地垂下头蹲在地上,为了疲乏的缘故,他这时看来什么兴致也没有。不说话,两只手像猴子攀树似的,使自己的步枪竖在地上。

由前边退过来的小队,很散乱地取着各种各样的姿势,面部上看不出什么不一致的表情来。队长们有的走在队前面,或是后面。最后是铁鹰队长的小队。他向这面打招呼:

"同志们!"随着嘴里拧个呼哨,乐观地走过去。萧明也举起一条臂膊,挥动着,也是一样乐观地目送着。

"这家伙,真来得,看身量!够一条汉子吧!多么壮!"

李三弟,他起始就爱着这个铁鹰队长。他常常有机会就称赞他:

"好家伙!"

所有前面的小队全撤退了,萧明底小队应该在后面担任掩护一段时间。必要时那是有歼灭和扑杀敌方侦探的任务。不过总要避免和敌人正面冲突。

"李同志,"萧明命令着,"你和梁同志在后面担任警戒,必要时放枪——三发——距离在五米的以外就可以——我们开始走。"

转过几段高粱地,萧明和别的人们的影子全看不到了。李三弟和梁兴伏在地上,尽可能使草丛埋下自己的身子,枪口伸向前边。

这地势近乎凸起,同时也可以展望得辽阔些。——那是一片伸着很整齐穗头的田野。

一个人从后面跑来——是唐老疙疸。

"为什么一个人跑回来?"李三弟扭着头使自己前额微微翘起一点。

"有任务——"

"什么任务?"

"这不能说给你!"

"我有权力,不许你通过……"李三弟微笑着,同时真的把枪身横过来。

"不要玩笑,我没工夫哪!"

"来会李七嫂吗?"李三弟眼盯着那面一所孤独的小房子说,"真的,她住在那里不妥,日本兵来非要吃了她,赶紧教她到堡子里去——"

李三弟看着唐老疙疸走着,加紧摇动着肩膀和背脊。身上的衣服被汗透成黏湿。他也没有带着自己底步枪。

梁兴耸起孩子样的笑声,用一只拳头抵打李三弟的肋骨说:

"这家伙真是老婆迷啊!什么时候啊,他还顾她,不要命啦!"

"你还是孩子哪!不该懂得这些个。"李三弟将梁兴底拳头扭离开自己底肋骨。

门扇没有掩紧,唐老疙疸性急地竟使这门解了体。立地听到一种充着惊悸的喊声:

"谁呀?这样推门!"

孩子哭声开始响亮。妈妈在拍着孩子,嘴里接连哼着不连续的催眠歌。等到她看清楚了是唐老疙疸便什么全安帖了一般，眼睛不甚扩大地盯着这个青年的农民说：

"你怎又来了啊？队长知道了一定要敲你的骨头——今天早晨有飞机来过，你看见吗？日本兵要来吧？——还不好好去守望，尽往这里跑，像离不开乳妈的孩子似的。"

女人真是有点迷人呢！这话在平常该怎样甜蜜？今天却不啦！

孩子又哭了。妈妈断了话，来哼催眠歌。她丰满的大乳头，沉重地在胸前垂挂着，轻轻在颤动。——唐老疙疸喘息着，要晕呕，一直看着李七嫂。嗓子起恶心，急切使他不能说明他当前所要说的。

"你怎么？"李七嫂有点惊慌地问着。

"全得完，全得完！日本兵一来了，像你这样年轻轻的娘们，至少他们要用二十个人来祸害你！吃了你！赶快呀！小妈妈娘收拾吧！抱着孩子到堡子里去吧！孩子不能抱就扔他……谁也顾不得……反正孩子是可以再养的……快呀……"

李七嫂的血正如一缸腾热的豆汁，唐老疙疸的每一句话，正是卤水，这会形成一种可怜的分解！

"究竟怎么回事啊？日本兵到什么地方了呢？你们底队怎么没开枪？——孩子不能扔啊！孩子怎能扔呢？日本兵杀了我也好！"

"他们不杀你，他们要用你哩！用够了才杀了你！走啊！掉眼泪有什么用呢？这是什么时候，这……嗳……你还掉眼泪？——我们底队退却了，这里一个队员也不能留，这是司令的命令。"

李七嫂像铸在炕上一样，不动转，只是一把一把拧下鼻涕和泪向地上抛……

孩子嚎叫着,唐老疙疸忘了自己流下来的汗到嘴里是什么滋味了——在遥远听到炮声鸣动了。飞机轰轰的声音又有了!李七嫂忽略这些,一直是向地上抛鼻涕。

天空恬静。附近豆丛和高粱地里有蝈蝈叫,林子里也有鸟叫,鸟叫的韵节很不齐一。

土围墙残缺得不成样子。自从李七哥死了以后,什么土墙啦!房上的茅草啦,也全像死了一样。

在生着丛草的墙角里,有一只犁杖被埋没地摊卧着,仅还能看到那被雨水淋白了的柄手。房檐下钩曲的锄头和镰刀,也全锈得没有了光亮!

透视过窗口,当前的就是鸡冠山。要到龙爪冈集合,就必须要爬过那带山梁。

唐老疙疸他主意打定,在七嫂不注意拍着孩子的时候,像一只老鹰捉小雀抓过孩子便向外跑。后面七嫂不抛鼻涕了,什么也不顾,她要争夺她的孩子。

"你要吓死他,你要他底命!你要我底命!啊……好孩子不要哭……不要哭……你为什么挟着他……该死的……他底小命一定要叫你断,断——了呀!"

唐老疙疸什么也没听到,孩子抓他底胸,他底眼睛只是盼望一步迈到堡子里。

这好像疯狂地奔跑。炮的轰鸣,飞机的哼叫,在他们看来全是浪费。

……

李三弟嘴里咬碎一片草叶,滋味很涩,很苦!一种近乎苦痛的燥渴在嘴里燃烧！梁兴要睡过去，一只手附在枪握把上，有轻微的鼻声响动。——太阳在天空炙灼人。

大路上看去似乎很平静，一切也全似乎很平静！如果不是提示着当前就埋着血的斗争……也许忘掉这是什么世纪！人趴伏在这草丛里做什么？

"不要睡——浑蛋，这里是做梦的地方？"李三弟扯动梁兴底一只耳朵，"听！有炮响哪！"

茫然地，孩子由梦里被拖回来，起始眼睛蒙眬着，什么也不了解一样看着李三弟。李三弟用手向前面指指，他又顺了李三弟手指的方向，蒙眬而茫然地看过去：

"有敌人哩？"他近乎惊愕要跳起来，李三弟止住他。

"不要动——敌人还很早，放炮的地方离这里，起码要有十里地哩！"

"我们该怎办呢？还是趴在这里？还是爬上去看看？"

"炮弹在半空炸了，那叫开花弹——看那白烟像云彩一样的小团，就是开花的地方。底下的高粱至少要坏一亩地——你没打过大前敌，他妈的这东西才讨人厌呢！"

李三弟有经验的说着，梁兴变得更幼稚，看着前方——距离这里有五里地上面的天空，那团团近乎白色云一样，缓缓游动的弹烟。他满怀着新奇说：

"这老远放炮，打他妈的谁？狗屁也打不着！"

"他们不是真的想打人——这里面也有我们底同志，一定的——日本兵在后面，前面是中国兵！他们放炮是吓唬我们——"

"司令那家伙，为什么偏要退却呢？干一下多么好！"

梁兴扭开枪大栓,轻轻地拉下,又无意识地看了看睡在弹巢里的子弹——一共是五颗,一颗被推上去,推进弹仓里面,只要下面的扳机用手指一触,便可以发射,一个生命便可以完结!他底手指却只是附在护手圈的外面,嘴唇不经意地在颤动,他期待地看着李三弟说:

"怎样?还趴在这里?这多没意思!"

"扭好你底保险机——"李三弟短促地命令着梁兴。同时他底眼睛一直盯紧着那只拉枪栓的手说:"干么?总是这样孩子气!枪走火是危险的,我们这是在做警戒——记住,无论什么时候总要注意枪走火!不放的时候,就要扭死保险机——我们还得留在这里一会,唐老疙疸弄老婆去了,我们走了那会叫敌人捡他的蛋!"

一种骚动,唐老疙疸跑在前面,孩子在怀里死一般的嘶叫!李七嫂底头发散乱在脸上,脖子上……她底衣襟没有扣好,一只乳头颤颤地落到外面。

"怎么啦?日本兵不会就来的!唐老疙疸你这鬼!你要怎的?"

唐老疙疸不说一句话,李七嫂也不说一句话,他们一直向堡子方向赶过去。

孩子的嘶鸣,女人的诅骂,全随着风跑开,这里没有留下一些痕迹。李三弟他们还是照旧趴着……一颗炮弹轰鸣声由远而近。

"怎样?我们还是这样?"梁兴看着前面,怀着希望一般。

"前进——"李三弟提起自己底步枪。

"前进？"梁兴疑惑着，心脏马上增加跳动，机械地随在李三弟的左面。他们抛开大路在高粱地里穿走。高粱叶子常常要割到人的脖子，活似一柄玩笑的小刀。附在高粱秸秆上的蝈蝈们，听到有人走动便停止了吟唱。人走去不多远，它会重新再吟唱起来。

"在家你常捉蝈蝈吗？——小孩的时候。"

"捉——你呢？"说话的梁兴不经意踏折了一棵高粱，那穗头是深深地躺下去。

"小心绊倒——我小时候也捉过，后来就没有工夫了！"

"你为什么要学钉鞋匠呢？"

"老人们的主意。"李三弟如有多少沉重的东西全埋在这句话的里面，接着说，"老子是个钉鞋匠，儿子也没有权利不钉鞋！"

"你几岁开头的？"

"八岁。"

李三弟他也许毫没有兴致说到他底童年。童年犹如一条曾咬过他的蛇，他近乎恐惧和愤怒，只要一想到或是提到他底童年，他一直这样想着：

"将来总是光明的。只要死一般地干下去，过去的叫它滚蛋吧！"

豆子地里穿走比较要困难，他们还需要隐蔽着身子。顶空上有飞机威胁的声音了，他们暂时停止住，顺了垄空向大道方面观看。——一会是似乎有马的嘶鸣，蹄音在不甚远的地方嗒……嗒着地。

"注意，这一定是敌人的骑兵侦探！"两个人如两只山兔,柔软地顺了垄沟伏倒,枪口探向大道的旁边。

"射击吧?"

李三弟不理他,只是侧起耳朵,眼睛不转动地望着……

马走得并不急速,同时听声音也不繁多。马刀鞘发光,马枪在人底肩头上不稳当地甯动。帽子扣到脑后,在下面招展着一条毛巾。每人全这样,那是为了遮蔽阳光,擦汗,和企图招来一点凉风。

军官走在前面。他显着疑虑,畏缩,同时是怀着不可知的灾害样,大声地催斥着自己底马。四个乘马的骑兵跟在他身后。他们倒像很坦荡,没有什么踟蹰的样子。

马全很膘肥,皮毛起着光泽,全是有汗的。

"怎样?放吧?"梁兴底枪担到垄台上,不可掩地枪身显着颤动了。李三弟看到这一点他笑着说:

"不要慌,孩子——扭开保险机呀!嗳嗳!向上一推,向右——对了……瞄准那个军官,看清吗?发光的,骑铁青马的那一个。预备——放——"

在一团升起的血轮里面,人影扩大着滚在一边;马底前脚高高的乱打着天空……

……

铁鹰队长光顾虑地走在队的前面,道路熟悉,前进是迅速。一直到拐上另一带山梁,他才发觉在队尾巴上单独少了唐老疙疸。

"唐老疙疸哪里去了?在后面拉屎吗?"栗色的眼睛转动着,他让过队身,暂时站在一边,急切固定的问着每个人。

"大概去看李七嫂——"队尾巴上一个队员这样不确定地

八月的乡村　　51

说。

"李七嫂?那是很接近敌人的地方啊!——他底枪呢?也带去吗?"

"没有,我这里给他背着哪!"一个队员很轻妙地回答。

"倒霉的东西,为一个娘们子,什么全忘了!命也不要了!弟兄们底命也不要了——非给敌人捡蛋不可……"下面应有这样一句话:"……那非招认出我们的地方不可。知道地方就什么计划全完。——只要一顿皮鞭子,这样的癞蛋!"但是他没有说。觉到应该还是埋下去吧!这会增加了队员们的不安!——只是扩大地咬一咬颊骨。

"站住——"小队漫然地停下,"把那支枪给我,谁还愿意去?只要两个人,我们去看看这个倒霉的东西!你们先去龙爪岗,见到司令就说我们马上就到……不要说什么……就完了。"

两方开始分开,背驰地走去。小队爬过山梁看不见了,这里开始听到炮声的轰鸣。除开铁鹰队长另外还有两个队员。他把腕子上底手枪插起来,肩头上挂着唐老疙疸底步枪,只有一袋子弹。

"听见吗?炮一响应该赶快迎上去——捡小路走。"

小路曲折得够艰难!野藤萝纠绞人的脚胫,非常刺痛。一刻有很新鲜的血沁出来。遥远是炮的轰鸣声,这里的山壁全蒙到震动。

"李七嫂是怎样个女人?唐老疙疸这样着了迷!谁看见过?"

铁鹰怀着一种说不出的腼腆,同时也还矜持。虽然他不是怕别人说他不严肃,事实严肃不严肃并不在谈不谈说女人。他一向是矜持的,无论在同志的面前;在司令的面前。这固然不是资产阶级的军队,但他总觉得革命军的纪律比资产阶级的军队,更要严肃,更要认真。他无时无刻不想要模范地,没有温情地做个铁般样子的队员。虽然他有时也玩笑,吹口哨,说笑话……

"那女人吗?老实是不错!大乳头,强壮,嘴唇是厚厚的……"另一个队员说着的时候,显着很贪婪,更特别兴奋地使自己的步枪向上蹿了蹿,眼睛眯着,翘起一嘴黄牙齿,和一张没有胡须的麻子脸。鼻子是扁平的,就因为有麻子,人就叫他郑七点。"妈的,就是她看不上我!这算没办法!那家伙是非常厉害啦!她看不上的人,连话也不和你说一句。"

铁鹰队长看一看他微笑着,鼻子起着拱动的折纹,温和地自己在想:——是这样一个来得的女人吗?——一种本能的力冲荡着他,还笼罩着淡淡一层嫉妒!——她怎么给唐老疙疸那家伙弄上了呢?

"真是危险,日本兵一定不会饶掉她。我们应该赶快吧,拉她到什么地方去,堡子里我们的敌人一定要占领,那也是不妥——"

"最好,还是叫她加入我们队里来一齐革命。司令那里不是也有个高丽姑娘么?革命也不能少女人啊!司令不是说,革命队里不分男女吗?也不许男人打女人……"

铁队长不再听这个麻子脸队员关于女人的提议了。他向另一个队员——一个高大身材的不足三十岁的农民说:

"有枪响了!听,一下……这是那方面射击呢?不像很多人放枪——不很响亮吗！——这一定是打中了人——马叫——飞机——"

沿着一带高粱地前进。工夫不多大，听到顺着那面大路有杂乱马蹄的骚动，和马刀鞘交碰着的声音飞跑过来。

"卧倒——枪瞄准好——听口令——放——"

接着是一并排嘭嘭嘭三响，一样是在血轮扩大的瞬间里马的前脚搔打向天空……

第一个是铁鹰队长先跑出来。步枪抓在左手里，右手抓紧手枪，脚踏到正在地上抽搐，受着苦难的，还没有死掉的一个人的前胸。手枪逼住他，问着：

"你们共来多少王八蛋？"

"……"他眼睛翻绞着，牙齿击打着，有团团血的泡沫从嘴向外，向地上飘转。马蹄踏过人的头颅，飞跑过去。两个队员，每人分摊一个也检视那早就死了的家伙。开始取下他们底马枪和子弹。好的鞋子换下来，抛开自己的破鞋子，而后全来围住这个垂死的，受着苦难的家伙！

"弟兄们，这家伙活不成了！送他回去吧！谁来做？不肯？好，看我来，闪开点——"

什么苦难和罪恶，全在这"砰噗"一声里结束了。

铁鹰队长插好手枪，他要取下那马枪，枪已经不中用了，折断了握把。只是拿到两袋子弹。

"我们应该就走——"

沿着高粱地，他们忘了是来寻唐老疙疸，只是为了这样意外的获得，兴奋着每个人。

"队长同志，卧倒吧！对面又有人前进哪！"

很快就认出那是李三弟和梁兴。他们正在追赶才死掉的三个逃跑的敌人侦探。

每人的脸色全焦急和兴奋,红红的,背上又多了一支枪,和两袋子弹。梁兴显着很吃力。

"喂!你们还干吗?"铁鹰队长举着他一只胳臂。

"队长同志——怎么你们也跑到这里来?那三个骑马的你们收拾了吧?"李三弟显得样子固执,刚强,接着说道:"正好,我们收拾两个,他妈的,还有个小官崽子!"

"我们来找寻唐老疙疸!"

"唐老疙疸?他向堡子里去了。怀里挟一个孩子,李七嫂哭着嚷着跑在后面——"

铁鹰队长沉思了一下,说:

"好!让他自己去到龙爪岗吧!我们不能再停留在这里,也不能再到堡子里去——我们尽杀的是一些本国的弟兄们!日本兵,这些王八蛋,尽在后面,真聪明。我们是主张'兵不打兵',不独不打本国兵,外国兵也不打,只是和那些统治东西们算账!现在实在是讲不了!"

铁鹰队长这样感动,谁也没看见或是听到过——他一向是刚强的,没有为了什么感动过。

……

身子拉长着,刘大个子睡的地方,离司令和那个高丽姑娘很近。这是一片平整的很好的广场,没有石头,也没有野藤。有草,柔软得像乳羊毛一样。

四围山冈上有守望的,路口有步哨,应该休息的人,可以安心睡一刻。吃烟,谈话,随便说女人,这里是没有禁止的。

可是人们全似静止着的水一样没有骚动。谷底好像没有过什么增加，照常的空旷。小红脸孤独地自己吃着烟，每次吸动闪起的火光，也是不起劲。有几处响着鼾声。周围山上的树木也是静静的……

"该是出发的时候吧？"高丽姑娘在说话。刘大个子听得出来。

"还要待一刻，等那面回来信，就可以出发——反正什么全齐了。"司令陈柱的声音。刘大个子也听得出来，粗哑得很好笑！接着他又说："现在的步枪……每人可以摊到一支很好的——白天，铁队长他们弄来的四支马枪，也是很好的。你不要来一支吗？那比步枪要轻一点。"

"不，还不需要，我有手枪就可以。"

他们暂时沉默着，静待着什么一样。

刘大个子很不安宁地躺着，用手扯地上的草，使自己的身子仰卧，看天空的星云。——很层密，不能透视到底。像一条边幅不整齐的白色带，横贯过天空的，他知道那叫天河。在他幼年的记忆里，他也知道在天河两岸有牛郎星和织女星，王母娘娘每年七月七日才许他们见一次面。

一个黑影从山冈上面低低地爬下来，一直向司令坐着的地方爬过去。司令向这个来人闪了一下手电灯：

"孙同志吗？——怎样？"

"那里万事齐备——这是齐同志的报告。"

借了手电灯的光亮，司令和高丽姑娘看报告。送报告的人兴奋着眼睛向四周回翔——空旷里埋着些什么呢？谁在唱起低低的歌来了。接着有人在合唱。那歌是每人所熟悉的。刘大个子把自己底身子又翻过来。

"马上出发？"

"……"在昏暗里高丽姑娘底问话，没有回答，只是陈柱笨拙地动一动头，接着轻轻吹动两下口笛——集合各队长。

"同志们，我们马上就出发，要按计划走。那里万事全齐备——在两点钟的时候，必须要将堡子占领。现在正是十一点半。对准你们底表。"

手电灯一齐闪光，接着什么全活转了。一刻以前还是被人们热爱着的草地，现在像被遗弃了的女人，曾热爱过她的人们，又开始去爱斗争。

小队长按照着自己的任务、自己的路线，分别的进发。这时候应该是谁也不能顾谁的时候。充满每个队长和队员当前的希望就是战斗。谁也不会想到这次斗争会使自己死掉，更不会想到死掉以后的事情。群众的力量鼓励着，好像只有在斗争的里面才有生活。

刘大个子不再记忆那个好看的姑娘了。一任她和司令走在后边，他不再想到那高丽姑娘和司令那家伙会有什么意想不到的事情发生。他觉到别人也许不会拟想到这些事上去吧？为什么他会想到这些？还想着革命一定能够给他一个老婆？

爬过一座山冈，又是一座山冈，爬过一条谷底，又是一条谷底。一切全是安宁的，和谐的。不安宁，不和谐的只有冲锋的人们的心脏和血流。

"停——"

在一处不甚大的桦林里，两个小队停止下。第四小队长检点他底人数。萧明也是一样。

"休息十分钟——马上我们就要抢敌人的窑子。杨队长同志你攻左面的围墙,那里他们不容易守的,我和萧同志一队攻大门——只要我们一动手,里面齐同志就会接应。这里人数还不够一连,里面有一个日本连队副,和一个军士,单独住在一个房子里。大约就是我们原先的办公室——如果他们抵抗的时候,就枪毙——"

司令并不站在固定的地方说话。他沿着这近乎四十人所在的周围走着,似乎察看着每个人。

桦林起始轻轻地响着叶子,渐来是有风声走动。萧明和第四小队长杨克达,并排坐在一棵横在地上的树干上。——那是一个个子不高大的,脸上有些麻子的人。说话时声音尖锐。

"杨同志,你攻西墙,小心开枪……你不要打了自己人——认清了我!"

萧明和他玩笑,杨克达用拳头捶了萧明一下大腿说:

"枪子是没有眼睛的!"

"没有眼睛可有'麻子'哪!"

人们笑了。连坐在一边的安娜也笑了——这使趴在树干上的刘大个子,起了一种莫名的喜悦。从这时候人们便叫杨克达作"枪仔队长"。

司令凸着他底颊骨,一样也是赞成旁人的笑。

"枪声——"

"接连上了——"

"准备好——出发。"

深深地爬过了一条长沟。枪声更紧密了,渐渐能听到有子弹尖叫着飞动的声音。沿着每处的墙角,尽可能利用着掩蔽,采取各种姿势跃进。

有火光冲上了天,不驯顺的烟柱打着盘旋。女人们,孩子们各处起着不统一的哭叫。狗发狂地吠着,子弹顽固没有温情地一直穿走,划着空气尖叫着;或是像低飞的麻雀。——正在逃跑的妈妈,怀里的孩子被流弹贯穿了脑壳,她没有觉察,还抱紧在怀里,颠簸着发髻飞走。一直到发现孩子的脑袋有了流血洞孔,才摔到地上,却忘了哭声。

无数条火舌疯狂地回卷着。有无数已经慌乱得不成人形的东西,从这火舌回转的底下,爬着,滚着,跳跃着死下去……向这面奔过来的赤着背膊,但是还挂着他的手枪在皮匣里,一个盲了眼睛样的日本军官。

"跑——"

在不知谁的枪声下面,他倒下去。怀着一颗日本天皇给与的忠心倒下去死了。将来在某次"慰灵祭"的时候,在灵位一个角落里,也许会发现一块小的木牌写着他底名字。

……

在东边,铁鹰队长一直守候到听见了枪声,接着看到了火光,喊声……他知道司令和其余的小队已经攻到了敌阵地。并且已经得了胜利。也知道敌人的援队马上就要到来。

"注意!我们那边已经得了手……听见吗?敌人一定要来救援队……将人数分开,一边十二个,我在左边,李三弟同志你们在右边。让开路口,趴下去,听口令再放枪——"

夜风变得猖狂,背后的枪声已经不似先前纷扰了。人们的耳朵侧着,眼睛探视着前面。高粱叶互相摩擦着,高粱穗显得很沉重,窈窕地摇摇摆摆……

"马怎么直眼岔？我要下来……你们牵着它。"隔着高粱地有这样声音传过来。接着是刺马针碰到马镫的碎响，谁用鞭子在抽打靴筒。狠狠地吐着痰。

"谁？"

"我——"

"你是谁？"

"我是营长——"

"口令？"

"连我的声音也听不出来吗？浑蛋们！"

"你是营长？营长也得有口令！"位置妥当，距离恰好，真切的三个人三匹马，营长走在前面。

"报个字——放——"

"第——"在"第"的下面，营长很顺从地倒下了。两个随从也没有例外。马却跑开。

"这小子穿这样亮筒的皮靴哪！"铁鹰队长闪射着手电灯。

"锃亮的刺马锥——"

"这小子，快要叫大烟埋死了，看这样！"

"'样'不起眼，家里保不定有几个漂亮小老婆哩！"

纷忙着解除下枪，铁鹰队长拿过从那个营长身上解下来的图囊——里面有鸦片烟药，白色的小丸和一张军用地图——他拿出地图，笑笑的将那图囊又抛开去。

有命令传来要他们即刻到王家堡子去集合，全部去，不必留监视步哨。

司令站在火场的前边，眼睛下垂着，面前停着三具尸身。

其余的人们一样也是眼睛下垂着。

铁队长跨过火场,一股刺鼻说不出的气味,要窒息死人。不全的尸身,每处全是,被火炼出来的油在嗞叫。一面是几十个衣服不全的俘虏。

"齐同志,这是第一队铁队长同志,你们握手吧!"司令的声音阴沉的,铁鹰队长同这个官军装束的长条身子的人,机械地握了一下手。彼此用眼睛这样问讯和酬答一下:

"弟兄——"

"铁同志——我们就走的——看看吧!这是刘同志,崔同志,张同志的尸身!"司令的身子背过去,他的宽肩头抽动了两下。

静静地刘大个子底身子拉长着!更显得细瘦。旁边是张永才和崔长胜。

"崔同志,怎样也弄到这里来?"

"他在人家里自己杀了自己!这两位同志,一个是点火时候被敌人射死的;一个是被自己弟兄们的流弹射死的。"

铁鹰队长静默着。萧明坐在那两个尸首旁边,无尽无止地流着泪!用手抚摸崔长胜的已经黏结了的胡须……

"这些俘虏怎办呢?枪毙?"铁队长的一句话,使俘虏队中感到一种骚乱!

"我们全是兵,兵啊!兵啊,兵啊……没有一个官长,没有一个日本官!"

声音简直是狂乱。司令一只手在面前伸出,又慢慢地压下去:

"不要叫———一个人也不枪毙你们。愿意走的一会放你们走,不愿意的归齐同志率领,我们大家同心合力替中国人民,替劳苦的弟兄们,替全人类造幸福吧!用革命来铲除屠杀我们劳苦大众,强占我们土地的,枪杀、驱逐我们农民的日本军阀,走狗,和地主们……"

悄静的,这声音一直是漫过远近的山冈,冲洗着黑夜。

在三枪放过以后——这是在祭奠三个同志的牺牲——一片庞大的悲哀和愤怒,燃烧着这一群迅速爬走了的长蛇。

火场上还是寂寞的燃烧,燃烧……渲染着夜的天空。

五、疯狂的海涛

三天以后,王家堡子成了废墟。

弹窝在每处显着贪婪地扩大;墙垣颓翻下去,像老年人不整齐的牙齿。茅草在各处飞扬着,屋顶开了不规则的天窗,太阳能够从这样孔洞投射下,照到死在炕底下的尸骸。小孩的头颅随便滚在天井中。

没有死尽的狗,尾巴垂下沿着墙根跑,寻食着孩子或是大人们的尸身。到午间再也听不到山羊们带着颤动的鸣叫,也没有了一只雄鸡,麻雀子们很寂寞地飞到这里又飞到那里。

村东山头上几十尺高飘着的红旗,现在不见了!代替的是日本旗。在村后大庙的旗杆上,也有日本旗飘扬着。下面驻扎着半个中队日本兵,归一个大尉率领。在院子里没有勤务的士兵们,毛巾系在脖子上,他们这时不再高兴去寻女人,开始说着、骂着,丑恶地讲着淫猥的故事,或是粗嘎地着乡歌……

松原太郎,一个二十岁的入伍兵,军衣穿得很整齐,刺刀也挂着，远远坐在庙前的石阶上，用有钉的皮鞋底，轻轻拍打着石阶，嘴里吹着口哨。他眉毛显得浓黑粗重；嘴巴上新刮过的胡须，痕迹青悠悠的。将帽子除下来拭一拭里面的汗渍，又端正地戴好，他不被注意地走出去。

"到哪去？"

"出去就回来——"松原向门卫挤了一下眼睛，门卫装作不高兴说：

"你们又弄女人去——中队长一刻就点名。"

松原已经走过墙角，手里握好刺刀鞘，还是漫然地吹着口哨，此刻吹得更响亮了，使自己的脚步，踏着拍子走……

路上他想着，想着他从没弄过一个支那女人呢！这该怎样下手呢？虽然看过同伴们弄过女人，他是害羞的，他还是新入伍，什么也不如老兵们熟悉。并且在临行的时候，他底爱人芳子，殷殷嘱咐他：

"你打仗，不要弄支那的女人哪！这就够悲惨了。"在松原没有到满洲，他就熟悉从满洲回去的士兵所讲一些怎样杀中国人的故事和侮辱中国女人的故事……其间杀中国人的故事很动听：

"要他们自己跪下，要他们自己解开衣服，露出胸膛来……用刺枪的重踏步……刺刀是很容易就可以进去了。至于弄支那女人嘛……"

关于女人的故事，比较使他更爱听。他有时装作不经意的样子，问着其他的老年兵：

"你们全怎样弄支那女人哪？"

"这是很容易的咧！只要你用刺刀晃一晃，她们就什么也顺从你。不顺从的你就杀了她。"

"长官不让吧？"

"在满洲地方，在打仗的时候，长官还管这些吗？长官也一样弄的。"

松原在学校里是"青年团"，"忠君爱国"是他的信条。他曾梦想自己会成一个"乃木将军"，或在什么地方，最好是在外国，"精忠塔"上能有他底名字。而他底爱人芳子，有时简直是骂他：

"抛弃你的思想吧！为什么呢？那是下劣的！我不爱一个有下劣思想的人。"

"你，你是国家的叛徒，天皇的罪臣，一个社会主义者！"

他自尊地反骂她。他们有几次几乎要决裂。

"你打仗不要弄支那女人哪！这就够悲惨了！这是什么国家的行为呢？可诅咒的军阀，成万成千的青年死在满洲了！"

临别的时候，松原看到了芳子悲叹的脸，同时整千整万悲叹的脸，在站台的栏杆外，挥扬着帽子和手巾。老人挥着枯干的手，送儿子到满洲去为天皇效忠。为大和民族增光。

到满洲去的日渐增多了，回来的日渐减少了。在满洲的官吏日渐肥满了。"忠魂塔"每处建筑着，每次出军归来的"慰灵祭"，这无疑常常会伤害了松原的思想。一种"叛逆"在"忠君爱国"的底下隐隐增加起来。

松原在路上随时可以看到倒下去的尸体。女人们被割掉了乳头，裤子撕碎着，由下部滩流出来的血被日光蒸发，变成黑色。绿色的苍蝇盘旋着飞……女人生前因为劳动变粗了的手

指,深深地,深深地探入地面。他想到芳子的话:

"……这就够悲惨了!"

他也将要去寻支那女人。他有些怯懦!停止了吹口哨,也停止了脚步,痴呆地望着这被绿头苍蝇吮食着的,逐渐要腐臭下去的尸身。他痉挛着背脊,同时激起一种恶心!

"如果一个女人她不顺从我,我也要她这样吗?这是悲惨的啦!哦,那个女人,怎样呢?回去吧!回国的时候,我该向芳子说,日本帝国军人在满洲尽干些什么事情来!"

他用手玩弄着自己新刮净不久的嘴巴。抽出刺刀来,轻轻砍打着路旁的石头。石头被砍打得显现出条条的白痕,因偶尔一点点石星飞入他的眼睛里,刺痛得使他扔开了刺刀,用手巾向外拨拭着,一刻他底眼睛开始流了泪。

从西边有几个醉了一样的士兵,手臂互搭在肩膀头上向这面走过来。皮带全是斜挂着,刺刀握在手里,嘴里唱着不统一的歌。有的许是小便过后忘掉扣裤子,生殖器还是软垂着,摇荡在外面。

松原怕这会啰唆,他闪过另条路去。虽然他已经听有人在喊他,却很快地躲到一段墙的后面。听着这些皮鞋底擦在石头上的骚声,不和谐的高笑、歌声……

刺刀拾起来,还没有插到鞘子里,似乎也不想再插在鞘子里,不经意地竟向自己喉咙比拟着,他想这样自杀是很便当呢。

那群士兵去远了,他又跳出来,他不想再按着原路走,他茫然地,跳到这里,又跑到那里。

"哪里可以找到一个女人呢?"

如今什么思想全在他底意识里被抛开去，占据他的又是只有女人。

"她要不顺从我将怎么办呢？"

他用力握一握手里的刺刀，同时在眼前闪动一下——这是尺多长，"三八"式的刺刀，锋利的，光亮的，还没有一点缺口。

"这样一闪大概她就可以顺从了吧？然后就是命令她脱掉裤子。这还是我自己来呢，还是用刀割开？然后，然后，啊！然后……反正全是这样干，反正来满洲的帝国军人，不知道什么时候死！反正自己的爱人也不会再属于自己了！反正全是这样干，连长官也是一样……"

松原忘记这是走到了什么地方，只是死尸和弹痕减少了些。

……

慢慢听到了孩子的哭声，这使松原很吃惊！这是什么地方呢？还会有孩子哭？孩子连同男人全被杀净了，老年的女人也不留。留的就是年轻的姑娘和妇人……这里是什么地方呢？会有孩子哭？低低俯下身子，不使高粱叶响动，他想有孩子哭的地方一定有女人。这是怎样的一个女人呢？但愿她不是太年老，或是太丑陋。他俯下身子，使头部向那面张望着——在一个小石崖的下面，有积年流水形成的一个深凹。水现在已经变得细小，再不经过这里，从一边偷偷地流下去。人就是偎坐在这个石凹里。

"啊！还是这样一个年轻的啦！"

松原跳动着没有经验的心脏，呼吸迫促，只加力握紧手里的刺刀企图镇定自己,事实这也是没有用。

"宝啊宝……好孩子……不要闹……日本兵听见啦……杀了妈妈呢……宝啊宝……谁照看你成人长大呢……等候你底唐老叔……他们打跑了日本兵……咱们就好了……啊宝宝……"

松原不懂这女子底说话,可是他明白她是在做什么。他想如果他立地走出去,这个女人该怎样呢?她会大声叫起来,还是逃跑?还是如一只母鸡那样驯服着,一任他怎样……

"……这是够悲惨的啦!"

芳子底说话,又擒住了他。但他还是努力地反驳着:

"一个社会主义者,一个天皇的叛徒,这话是听不得的。眼前这是多么好的一个女人?看那乳,看那胸膛……够多么饱满……头发和日本女人没有两样……帝国军人全是这样做……长官也是一样……假使天皇他没有老婆在跟前……什么人也不在跟前他也会这样做……"

松原敢于把这思想移到天皇身上去,起始他本能地要战栗。及至他发见他是趴在高粱地里,对面是他监视下,伸手就可获得的一只猎兔;他就是这现有空间的主宰者、权威者,天皇又是什么东西呢?于是他使自己的头竖一竖,这样似乎可以增加一些自己的尊严。同时他又想到在他们部队前边的"满洲国"军队,一些支那兵常常死掉,也是为了他们那长脖子的天皇?他也知道在他们的中队里,有多少不愿意为天皇打仗的少年兵。他们虽不是社会主义者,可是同情劳苦的工农,同情苏维埃政府,有时简直是同情当前的敌人:中华民国人民革命军……但是他们在命令到达的时候,也还是认真地掮起步枪来。而完了呢,他们又要悲叹着自己底错误,有的几乎沦于自杀！

为松原所知道的，长官多是畏惧支那的革命军，他们却故意地矜持着。

"做乃木大将军，效忠我们底天皇。"

"效忠我们底天皇"，这是松原在儿童学校的时候就熟悉的。现在入伍了，在宣誓的时候，长官也在教导他说：

"大日本帝国军人，要终身效忠我们底天皇！"

"啊宝宝……睡的好……唐老叔来打日本兵来了——"

李七嫂眼睛蒙眬着，孩子哭得疲乏，也深深地睡过去。在蒙眬里，似乎唐老疙疸真的回来了，摇着那青春的肩膊头，步枪抓在手里，后面是漫野的红旗，红旗下面是漫山漫野的有枪支的革命军，女人，孩子……全有。死掉的丈夫也参加在里面……她扑过去——

"喂！你的……"

李七嫂底梦碎了！站在她前边的不是那有着青春肩头的唐老疙疸，也没有了山野，也没了红旗，只是一个笑着眼睛的日本兵。

她知道了，她知道这是结束她生命的日子。但是孩子还是加紧地抱在自己的怀里，她忘记惊慌，心脏和静止了一样沉静。静静地，静静地她看着来结束她生命的这个魔鬼。眼睛变成金刚石一样坚定。——小溪在草丛、在身旁轻巧地唏嘘着，孩子的呼吸照常平稳。

"你的……啊！孩子……那边去……啊！我的好……干活计……"

她听着，同时看着这个少年日本兵，颠动着他手中的刺刀。眼睛赤红着,牙齿不规则地探伸在唇外。贪婪地涨红他的脸,钢盔抛挂在脖后,同时猥亵地开始来伸手取她底孩子,企图抛向一边去。孩子从梦里惊哭着,尖嘎地叫着,小小的山谷起着回应。这使七嫂底心和周身蒙到了不可忍受的刺痛!

"你,王八蛋要怎样啊?……"

她企图挣扎地立起,但几日夜来,为了饥饿,为了恐怖,为了疲劳,为了焦烦的等待……什么全在摧毁她。整个宇宙开始在她底跟前起着回旋。一种沉黑的窒息重压,她开始昏迷了!

醒来的时候,孩子被抛在沟下的石头上,脑汁沁流在小溪旁边,随着流水流到什么地方去。

她摊卧着,衣服变得残破,周身渐渐恢复了痛楚!——太阳在天空没有关涉,高空飞走的白云也没有关涉。什么似乎也没有关涉一样,对于人间的苦痛,对于当前李七嫂的苦痛。

她回想这也许是个梦?一个噩梦?事实会昭示她,孩子的颅骨碎在小溪边的石头上了;她试想着去复仇,她应该向哪里走呢?连一柄刀也没有。那青春的宽肩头的唐老疙疸也不在她的身边,那些英勇的革命军也不在身边。他们全抛开她,去斗争。最终她想到那为了斗争而死掉的丈夫……她软弱,无止尽地流着眼泪!无止尽的悲伤……

在空气里时时夹杂的飘送着各种粮食半成熟的香气。高粱啦,大豆啦……每年九月初在田野上笑着的男人和女人,忙着工作着。大车上捆好高高的垛,牲口们在车停止着装载的时候,纷忙地拾取地上的遗穗嚼食。人们并不恼怒。孩子们下面赤着脚,身上却披了过去冬天的棉袄,跑着,叫着,不经意也许被锋利的高粱茬划破了腿肚子。流血也是不管的，拾着红红的高粱穗，喂着自己所心爱的牲口。

没有土地的老年人，常常背上搭着一条口袋，到每处拾些牲口吃不尽的余穗，或是在已经剪过穗头的秸子里面，意外地企图获得些什么剩余。这是地主们的"收获节"，也是穷人们的"收获节"。

今年是什么也不同了。田野上的庄稼，不被注意地留置着。年青的去参加了斗争，着了疯狂一样，似乎正是所期待的。老年们虽然听说又要有"皇帝"出现了。"皇帝"后面应该是隐藏着永久的"太平年"。可是皇帝听说是日本人的皇帝，日本人打天下。这使老年人对于皇帝也不得不失了希望！并且年头也还是不太平！村子里的高丽人反倒猖狂起来。老年人不能拦阻青年人，也不能帮助青年人！老年人们常常是留在村子里，被日本兵后来的炮火轰得净尽。

李七嫂无止尽地流着泪，无止尽地悲伤着……她没有勇气，再去看看头颅碎在石头上的那孩子，那会更加深刺痛她底心！她怨恨那个宽肩膀的农民，那个青年的情人！为什么他会不知道她在这里苦难着？打仗便什么全忘了吗？连自己底情人也一样？她要去寻他，现在除开他，她觉到生命的希望，像灯一般地不可靠！起始她的希望是生活在孩子的身上，现在呢？她又把她底希望，无把握地系在了唐老疙疸的身上！——唐老疙疸是生活在不断斗争的群里的。

"我也去吧！我也去吧！和他们一道去吧！让'斗争'死了吧！和情人死在一起！"

一种力，一种复仇的力，求生的意识兴奋她。可是当她一瞥间,无意又看到那孩子的尸体的时候,她又软弱的睡下!愤恨被悲哀所淹没……

一直到黄昏,这个惨淡的影子,终于还是抱起了那个残碎了的小尸体,摇曳地、疯狂地向田野那边跑去。

……

松原忘掉了吹口哨,步子无节奏了,颓然地向回走。路上又经过那个割掉乳头的女尸近边——那群集的苍蝇,比以前更见增加,形成不整齐的群在爬行,在啄食……

走进营盘的时候,已经黄昏。院子里听不到什么杂音,只是那个上尉队长在讲话。兵士们挺着身子,胸膛提到前边,没有理由恭顺地站着。脚踵一律并拢,形成一条条粗笨的肉柱。

"报告——"松原使声音刚强着,这样可以表示他是一个强梁的英勇的兵——敬着军礼,身子适度地倾向前边,手掌垂斜附到钢盔的遮沿。

上尉,就如没有松原存在一样,还是继续地说着。一种带沙音的、词句不连续的讲话,刺痛人一般的难堪。

他在告诫帝国军人,应该一生效忠天皇,努力讨伐匪贼,这才是军人的本分。同时他又说应该时刻防备匪贼的反攻。

队伍依然站着。但是上尉中队长,却将一双没有温情的眼睛,向松原这面投射过来。先是由他底脸上,而后转到他底全身,甚至到一颗不必要的纽扣。而后又回到他的脸上……在询问,同时擒住松原底眼睛每下掀动——松原还是未完毕地敬着军礼,手臂适度地举起着。

"你到哪边去来?"

"……"

松原他当然不会有回答。虽然他知道他这不算犯什么军规，官长也是一样，去找支那女人。这话只能埋在喉咙底下，他不应该说他也是和别的兵一样，和官长们一样，去弄支那女人——同伴们底视线，也是向他底身上和脸上集中。

"你的——"上尉队长走近他——那没有温情的眼睛，显得锐利严峻。活似两个可怕的深黑的洞！松原底眼睛感到衰弱，脸颊燃烧，不可逃避的什么事情，马上是临到了！

"你的什么理由没有，就这样晚归？——"

乓——第一个嘴巴，把松原底钢盔高高地落到脖子后边。身子是那样侧了一侧，很快地又站在了原地，接着是第二、第三……松原底手臂仍是举着，这是表示还没有得到长官的答礼。

上尉队长打起嘴巴来很熟悉！响亮而有力。松原底嘴里浸浸发见了源源的血流。两个面颊也同时增加着红润和肥满！

上尉队长走了去。士兵们集合着的队形，也开始解散。并没有人敢走近松原说些什么，军队的规矩是这样。他只是孤独地，钢盔落在脑后，嘴流着浸浸的血，面颊燃烧一般地痛胀，被罚站在院心。

晚风吹袭庙角的铜铃，响亮清脆而细碎！门扇早被掀倒在地上，泥塑像没了庄严，肚子残破地躺在每处！——一处庙脊角，被流弹扫了去。

松原现在所想的只是：长官应不应该这样打他？打他的理由是否充足？虽然他常常也看到别的同伴挨嘴巴，那是对他无关心。有时他还要暗地讥讽这个挨打的人。他从没去安慰过谁，今天他一样也是没人来关心到他。他又想：

"长官不也是一样吗？弄弄女人回来晚一点，就是这样吗？打得这样苦，没有情面……"

想得太多了！想到他底祖国、天皇、爱人芳子，以至于被他把孩子摔在石头上，而强奸了的那个女人，和那个割掉了乳头的女尸……

"这是悲惨的哪！"

他底眼泪开始在眼睛里起着回旋。

夜间哨兵准备出发了。松原也被派在里面，同伴们嘲笑他：

"女人干的怎样哇？"

"干女人，挨嘴巴，一定是味道两样的啦？松原！"

"没有经验的跛脚狗，也要去猎兔子吗？"

日间在村子里那个喝过酒的，生殖器软垂到外面的老年兵，也在嘲笑他。他们全像变成中队长一样有权威了，使他对谁也不能反抗。忍受着整备自己的背囊、水壶、步枪，和其他应用的工作器具。

"出发——"曹长命令着。他过来踹了松原的腿肚子一脚说，"不长进的，丢脸！还不走？"

照例检验过了服装和器械。谁底步枪发生了损坏障碍吗？谁底子弹不足吗？或是谁忘记了必要的东西……简单的接受中队长口头的命令：

"时时防备匪贼反攻——"

低低地，低低地，沿着山脚爬到了巅顶。交替过了。在交替的人又说给新来人应该注意的事项啦！或是应该注意的方向和物体。

曹长又带着那换过班的人和准备到别一个岗位接收的人们，爬下了山去。

松原的伙伴开始吸着纸烟。余烟被风激荡着，飘到这，又飘到那……最后飘上了围墙又迅急地飞开去。

"吸烟是不好的啦！被敌人会发见呢——"

松原这样表示有经验的说话，并不能促起他同伴的注意。——他还是那样悠闲地、轻松地吐着烟丝……

在松原这又是一种耻辱啊，他简直要哭！他看着对面绵绵无尽的山冈，一条苗细的小河，现在似像没有流动样，晶亮，曲折地睡着。脚下的村堡，在树荫蔽下。成片的白桦林，成片静悠悠的田野……可是在有人家的地方，已经看不到了炊烟。

草虫们叫得很凄伤！在草里，在石头的间隙里……全是吟鸣……全是吟鸣……

这不是松原的故国……大陆的景物对于他也是生疏的呀！

在薄薄云层的后面，半残的月儿，徐缓地移动过来……

"松原，你白天弄到一个什么样的女人哪？"那个伙伴已经又点上了一支烟，还是那样悠闲地、轻松地吐着烟丝……显着很平常的样子，问着松原。

"什么女人？我不准你问！"伙伴的问话激怒了松原。他使步枪的底踵在石头上加力地撞了一下，眼睛移转过来，样子像要决斗。伙伴并不为了这个恫吓有什么改变，并且眼睛只是抬抬又低垂下去——悠闲地轻松地吐着烟丝。烟丝虽然渐来渐模糊，可是那每次吸动的火光，却显着扩大：

"这有什么呢？谁也是一样的，长官也是一样的……"

"我只不准你问这——"

那个兵笑了。在月光下,笑得却是很模糊!松原把刺刀鞘把握到手里。

……

松原一直是陷在沉思里。眼睛注视着对面的山冈、河流……全是无所见的。浮现到他眼前的,只是所不乐意、所骇怕的一些幻象!那割掉乳头的尸身,摔死在石头上的孩子……女人的挣扎;上尉队长——他又用手摸抚到自己的嘴巴——肿胀……刺疼……

松原的伙伴却睡了。脑袋垂斜着,让步枪躺在两腿的中间,看来他是什么也不关心。

"这个不忠于职务的人,不忠于天皇的人!"——松原又想起:

"谁也是一样的,连长官也是一样……"

一种潜在的不平,深深地,深深地,迷惑了他。

"今夜也许没什么,匪贼还会来的吗?这个时候,什么动静也没有。再待半个钟点,也许至多一个钟点,就可换岗位的了。"

什么对面的山冈,什么河流……什么匪贼随时可以来袭击……天皇……长官……什么什么全臭虫般地爬开了。疲劳和困怠整个的将他占据。

醒来的时候,一丛丛的人影,正逼近着他。他要取自己底步枪——

"不许动——"一支步枪早迫近地指向他底胸窝。他底那个伙伴也是一样。一个高身材、腕子上擎着手枪的人,吆喝着他。他虽然不完全明白这是什么意思,但是他却觉得,只要他一挣扎，马上就会有人开枪。他底伙伴已经完全驯服地，将自己身上的子弹盒解下来，放好在地上。——他底态度，也还是吸纸烟时一般的轻松。

"解下你底来——"

那个高身材的，鼻子显着突出的人影，用手枪又指向他。

"狗养的——快点！妈拉个的……"谁在骂着。

他意会着，照样也解下自己底弹盒，放好在地上。那个高身材的又指示后面两个手里什么武器也没有的人，照样将他们底弹盒围在自己底腰里。拿了他们底步枪。

"唐同志，留在这里——他们哪一个乱动的时候，就枪毙——"

高身材的影子，率领着其余的人们走去，还不到多久，就听到了接连的枪声。松原知道，这准是和来接换岗位的哨兵起了激战。

"糟糕——这是悲惨的啦！"他意想着，他一刻也许就被枪毙？他偷瞧看守他们底那个敌人，一个多么强壮的家伙！

唐老疙疸听到枪声，他惦记着李七嫂，却恨着铁鹰队长。为什么偏要留他在这里看守俘虏呢？不然他可以到村子里寻一寻啦！那个苦命的人！怎样了呢？一定会被日本兵给杀了！杀了还算好，如果……给日本兵们怎样了？……

一种急转的毒恨，转到这两个俘虏底身上来。他要立地开枪毙了他们，准备先向他们哪一个瞄准。

"那尼……那尼……"①那个俘虏叫喊着，两只手高高遮

---

① 日本语，"什么"。

起自己底眼睛，声音是惨沮的！

唐老疙疸底手指又重新退出了护手圈，扭转保险机，枪身又归复到了原位。深深地透了一次呼吸！他看着这两个可怜的动物偎在墙根下，轻轻地抽动着。他不射击他，这并非怜悯，这只是任务阻止了他。他不能忘掉铁鹰队长底命令：

"他们谁乱动的时候就枪毙他——"现在他们是那样的驯顺，像两头落过水的母鸡，他没有理由枪毙他们。从来人民革命军的纪律是不杀不抵抗的俘虏们的。司令常常也是这样讲：

"……那些万恶王八蛋，吸兵血的军官们，我们不要饶过他。无论是日本，还是走狗们的。他们全是吸兵血！兵们，全是好弟兄！和我们是一样的痛苦！只要枪，除开实在太妨碍我们进展了，才要伤害他们。他们将来全要和我们一起合作……'兵不打兵'，记住，同志们记住吧！……除非万不得已的时候……"

枪声繁密了。顶空听到流弹飞翔的吟鸣。

铁鹰队长，挥动一柄长刀，在火光里赶杀着那个服装不整的中队长。

一种嗄叫，一种肉搏的斗争，清楚地呈现在唐老疙疸的眼底下。他透力抓紧步枪的身子，这俨然是一个梦幻。

快近黎明的时候，才看到每个浴着血的身子，困疲地爬上了山坡：

"把这两个捆起来，蒙好眼睛，勒住他们底嘴——我们走！"

唐老疙疸，他发现铁鹰队长手里多了一柄长刀，刀上面凝冷着血的斑花。五十个同志，现在看来似乎全衰老了十年。同时总数目也不足了。不过临来时没有枪的十几个同志，现在却很气派的有步枪挂在了肩上，有子弹盒围在腰里。那是捆得很不熟悉呢！有的也还捎着两支枪。

爬下了山坡，渡过河流，开始又爬进了谷口。一直到看不见一个人影，王家堡子的余烟还是悠闲地在树间盘旋。

李三弟说给唐老疙疸，这山口是他所熟悉的。唐老疙疸想着李七嫂，而李三弟却想到了死却的刘大个子和崔长胜：

"我们七个是一同从这里出去到王家堡子来，第一次看到山冈上的红旗，我们唱着歌的哪……"

人们只是困疲地走。当前的死亡一样被忽略，谁也不想起三天以前死亡了的人！

铁鹰队长也不如平常矫捷了。上山急速摇动肩膀，明显这是吃力。

穿走一带桦木林，快要到边缘的时候，第一个发现的是李三弟：

"喂！看——人！"

"过去看看——"

"李七嫂——孩子还抱着，咦……脑壳碎了！"

第一个跑过去的当然是唐老疙疸。他忘了一切，他跪在这个女人的身边。女人坐在地上半倚着一株粗大的桦树，深深入睡。两只手死一样还交扣那孩子的尸体。裤子残破，一只乳头，还是伸向孩子染着血污的小嘴边。

人们谁也忘掉这该怎样处置。铁鹰队长也是一样梦般地站在那里，一任唐老疙疸哭着声音嘶唤！

"这样办吧！谁到近边水沟里去弄点水来——用拾来的日

本兵的钢盔。"一个年纪较大的提议。

用冷水轻轻激着她底头,一刻听到了加重呼吸。唐老疙疸他不知道应该怎样呼唤,他向围观的人们,请求一样的看着。人们也是请求一样的看着他。

"快着呼唤哪——笨货,瞧什么?"

"随便怎样称呼还不行?反正这全是自己的弟兄。还妈的害羞咧!"

人充满着愤怒地骂着,脑袋向前探伸,形成一干人肉的桶,空气全要被隔绝。铁鹰队长挥了一下胳臂命令着:

"散开这里——到那边去集合。"

人还是要贪恋地看看这个女人怎样复苏。醒过来以后,是哭呢,还是怎样呢?不过铁鹰队长的命令比什么全重要。那是说不能不去集合。

唐老疙疸也没有例外。

"同志们,我们不能在这里耽误!——那个女人应该扔掉她,敌人容易追到我们——"铁鹰队长眼睛经过唐老疙疸底脸上停止住。

"那个女人扔掉她"这句话如一枚靠近的榴弹炸裂了的轰鸣,使唐老疙疸失了感觉。他抖颤着,复苏一般流着眼泪!无顾忌地提出了抗议:

"这不能,队长同志!那个女人不能扔她……"

"什么理由?——"铁鹰队长坚定地瞧着他。人们静肃地排列着在倾听:

"没什么理由……什么理由也没有……把枪给你们吧……我不去革什么命……我陪她在这里,一同教日本兵用刺刀捅得稀糊烂……你们走吧……若不，你们就把我枪毙罢……可得连她……"他跑到倚在树下七嫂的跟前拍着说：

"……连她一同枪毙……我是反革命了……同志们……对不起呀！怎样办呢？队长同志……"

他当真将步枪放在地上，随着把解下来的子弹袋，也一同放在了枪的近边。蹲伏了身子，使自己底脸埋在膝盖上，开始耸声大哭！

铁鹰队长阴沉了。举起眼睛来询问这群不动的人们；人们也是用眼睛询问这个平常什么也不曾被动摇过的"铁鹰"。

一种可怕的沉默！一种悲伤的沉默！

太阳光掠过了桦木林，投射向那边田野去了。田野上的穗头，也一样在沉默！

"同志们，这该请大家出主意！——三分钟。"铁鹰队长说。

三分钟过去了。人依然还是沉默着。唐老疙瘩底脸，依然还是埋在膝盖中间。

"同志们——"铁鹰队长又扣紧了嘴角，看一看蹲在地上的唐老疙瘩；但是他并没去看那喘息着的李七嫂。他接着说："唐同志，你这是革命队员的精神吗？为了你自己弄老婆，你要想使所有的同志全死灭？日本兵……如果得到王家堡子被袭击的消息，马上就可以赶到我们！我们底任务是来做什么呢？那一次你私离队伍跑出来也是为了这个女人……现在你又这样……同志们每次攻击全有死亡！今天又死亡了五个同志！同志们全是为了什么死？我们为了什么向死亡路上跑？……你是一个革命队员，你就应该知道这……今天你要我们裁判你，好！这是没什么客气！——"铁鹰队长底脸色更来得阴郁了！嘴角也显得更陷下；同时将腕子挂着的手枪拿到了手里，颊骨向两侧伸展，但是他还是说下去："……应该纪念我们的同志！一次一次被日本兵和走狗们杀死的同志吧！为了给他们报仇……我们底任务……唐同志……你一定要……一定要强健起自己来！"

这些话对于唐老疙疸，就如一阵轻飘的风，碰在了没有洞孔的石头一样，不发生什么回应，他依然还是哭泣。

在山口外面似乎有什么轰叫。飞机哼鸣的声音，已经是清切的可以听到，那是经过这里，循着道路向前面飞行。这是一带长林，日本军估计他们一定走得很远了，只是一盘旋，无目的地投了一枚炸弹就飞开去。

人们分开伏向草丛丰密的地方。炮声也还听得真切。那好像向堡子里在射击。也许恐怕堡子里还有他们底敌人潜藏。

唐老疙疸没有谁的劝告，自己也爬向了丛草去伏下。李七嫂也被拖到丛草里——她已经能够睁开眼睛，并且还能辨别出伏在她身边的就是那个宽肩头的，在苦难中也还想着的情人。

"天啊！真是……你……吗？"她底嘴起先被血凝结住。眼睛扩大地，抓住这个青年的农民！

"……"

"我是死了吧？我是死了吧？我是梦里见到你吗？我底孩子呢？……"

"……"

她只能扩大眼睛，没有眼泪流出。这可以看出她正在过分的惊愕！同时她又发觉了唐老疙疸的身上没了枪！

八月的乡村

"你底枪呢?你底枪呢?——你为什么不拿枪呢?枪被日本兵抢去了吗?"

唐老疙疸才意识到自己底枪,还放在那边地上,连同子弹袋。

"你还是死了吧!我底妈!你还是死了吧!若不然我们全得完!队长不准许我带走你,我也知道你是不能走的啦!队长要枪毙我!我说我们完全死了吧!我交了我底枪,要队长枪毙我……我们就一同在这块地上并骨吧!谁让……谁让我们……我们……好……好一回呢!……"

唐老疙疸哭成一个孩子了!肋骨疯狂地抽动着。

"为什么要同志枪毙你呢?同志能枪毙你吗?去捡过枪来,我也要同你们走的,我软弱吗?一点也不………一点也不呀!……"

她为了要表示自己的不软弱,疯狂地跳起,但一种什么疼痛却使她跌落下来。眼睛更加扩大地挥着手,嘴虽然张动,但是没有声音,活似一条失掉水的鱼!

"你……你还是去拿自己底枪……我,我……是不成的了……"

枪声使全森林变成骚乱。草丛里的人也开始还枪射击。戴草色钢盔的日本兵,灰色的"满洲国"兵,飞穿着树的间隙,形成了间隔不匀整的连环,两翼延伸着横包过来。机关枪,不间断开始扫射,子弹低垂穿贯树身,野蒿……时时有小树被折断,或是飞腾起碎的野蒿。

"同志们,举起我们底旗来,前进——"

铁鹰队长身子从草丛里跃起,手枪固执地挥耀着。口笛困苦地嘶叫着冲锋的调子,接连是同志们的跃进。

只看见硝烟,只听到狭长的弹子嚎叫,现在被一片粗鲁的叫骂和杀声所淹没!

"不前进即死亡,不斗争即毁灭!全数的毁灭……"

随着红旗的探伸,人是疯狂了的海涛样!迎向敌人横卷过去。

六、这样一个女人

从每处树叶的间隙,有清冷的月光投射下来。草叶轻妙的摇曳着,处处是虫子的吟鸣……一股黄蒿的香味,杂着夜的露湿气,很醇厚,又似近乎一点忧郁感地飘散着。蟋蟀常常会跳出来,无顾忌地叫。草里的虫子们也是一样。

垂折下去的小树、大树上的树枝,有的完全萎落到地上;有的一半还联结着母干,折断的部分显示出骨头一般的惨白和参差。那上面的叶子看起来还没有什么改变。

李七嫂瞧着几步以外唐老疙疸的尸身:帽子远扬到一边,臂膀还是那样宽阔,两腿长长地拉直……那一边是他底步枪。子弹袋也是放在一边。孩子被抛到什么地方去了呢?她模糊,她不知道是自己抛开的,还是别人。现在她清明,她知道孩子死是死了!自己底情人也死了!他是怎样死的呢?她记忆着,那是当日本兵攻进林子,他跳跃着去拿自己底步枪,几颗子弹中了他,中了他底心窝,中了他底脑袋,当时他没有叫,也没有呻吟,似乎只有一声悠长的叹息!也许是当铁鹰队长挥动着手枪,同志们疯狂地卷过去的时候。李七嫂为了这,她又昏迷过去。——唐老疙疸的尸身，那时是不被注意的，在同志们冲锋的步子底下，被践踏过去。

现在，什么日本兵，什么同志，什么……那个铁鹰队长……全不见了。只是这树林微微响着夜的骚音。

她轻轻搔着地上的泥土，茫然地思索，就如漂浮在辽远海洋上面的一片秋叶，虽然风涛是平稳的，谁知道涯际在哪里呢？如果要自杀，她爬过去，当然很容易就可以将那步枪拿到手里。子弹也有。她试着使身子翘到能坐起的地步，这并没有使她艰难。她又试着使身子立起，这次却是失败的，重复又被跌倒在地上。腿是那样的不中用啊！软颤，抖动……

什么力量鼓动着她，终于在几次试验的底下，她能够凭借着一棵树干站了起来……

牙齿在嘴里扣紧，一切是艰难和痛楚的。一切全胁迫她，要她再重复坐下吧！等待死亡！求生的欲望，却要她忍受一切的苦痛和灾难。

裤子阻碍她！因为它破碎得跟围裙一样了，被地上的野藤牵扯着。她没有怜惜，整个的抛开它——挣扎到了唐老疙疸的尸身近边。

使自己底头枕到尸身的胸膛上。那有弹力饱满的肌肉，宽阔的胸膛……一切曾是她所熟悉的。现在呢，也还是熟悉的啊！这却变成了冰冷！也没有了那可爱的动作！当他们先前每次相爱着的时候！

她吻那胸膛，用口唇温暖它。她知道不会将他再吻活过来，再拿起步枪，去和敌人们交战。再和别的同志一般英勇……和那铁鹰队长一样英勇，和海涛一样，卷没了自己底敌人；也知道这是不会有的希望了！但她还是满存着希望一般，吻着这个已经快僵冷了的尸身！"睡吧！……孩子！睡着吧！妈妈好汉的孩子！这是多么好的地方啊！你埋在这里！你底同志们……念着你……念着你……中国同胞们也念着你的呀……不要忘了，用你底血和肉……在这里培长起这树林！……"

泪，湿着死人的胸，沾着活人的颊！这个王家堡子美丽的青年农民，被情人的眼泪埋葬了！

李七嫂剥下了唐老疙疸底衣服，使自己穿上。子弹袋也束在腰里。提过了那步枪，又复跪倒在尸身近边！

"等着吧！妈妈为你去报仇！睡吧！睡在这里吧！你底同志们念着你咧！妈……妈妈念……着你咧！睡吧……念着你……"

一种坚决的、忍受的步子，踏着野蒿，踏践落在地上的树枝，踏着碎细的月光，踏着茫茫的夜空，没过了山冈。

唐老疙疸照样安宁地睡着，草虫吟叫，蟋蟀跳出来，又跳开去——也在吟叫。被李七嫂辗转蹂躏过的茂草，也开始了可怜的舒伸。

到哪里去呢？她是真的捃起唐老疙疸底步枪来了。她要复仇吗？

周身汗浸着，脚步不安宁，感到了饥饿！知道在这里饥饿也没有希望，只有赶到龙爪岗那里许能获得她所希望的。道路不甚熟悉，每步更是艰难！

艰难，艰难，什么全是艰难……她爬过了山冈，爬下了谷底，穿走着田野和森林……这世界在她现在感觉到，许尽是被这些山冈，谷底，田野和森林所占据了。她软弱下来，哭

着……哭到疲乏恢复一些的时候,步枪又开始抱到她底怀里。那森林躺着的死了的情人,似乎在催促她:

"为了孩子复仇,什么全要忍受的啦!"

于是,艰难的脚步又重在那狭得肠子样的山路上曳走。月亮高高地,清明凄凉……繁星显得没了光芒。这与李七嫂完全没有关系。她所想的只有复仇和忍耐,孩子和情人;怎样跋尽这所有的山冈、田野,和森林……早一步跨到了龙爪岗。她没有更远的回忆。不想怎样和李七哥结的婚,更不想她第一次和唐老疙疸怎样勾搭,以至于乡村里怎样有了"革命军"。唐老疙疸怎么在她面前显英勇,枪毙一个敌人的侦探……

"小老婆,你看看我挂上枪了呀!我去打日本兵啦,我是革命军的队员了!我教他们打死我,叫你做个第二次的小寡妇,看你害怕不害怕?……"

他说话常常似唱着的。李七嫂打他底背脊,笑眯着眼睛,也常常假做气恼的样子,来恐吓这个青年顽皮的农民。

在乡村没发见过日本兵的时候,在乡间那是太平日月。胡子,有也是不多的。对于穷人更有什么关系呢?李七哥那也是什么人全交结的,胡子也常常会到他们那所孤独的小房子里去夜餐。她对他们也全是熟悉的,说玩笑也是常有的事。官兵和胡子并没两样,不过胡子却更规矩些。

唐老疙疸在李七嫂面前夸耀自己做了革命军,做了队员……她会更巧妙地挖苦他:

"把那枪给妈妈拿过来吧!让妈妈来给你枪毙个日本兵看看!你的奶毛子还没干呢!小心不会放枪,被枪坐倒了,自己哭出眼泪来……妈妈没工夫给你擦哩!还有你的小弟弟呢！……"

实际，唐老疙疸在村子里是很有名的射手呢！打飞着的麻雀，和耸立在百步外墙头上的子母筒①总是不常落空。

李七嫂，看着过那在红旗下面，集合着的革命军唱着歌，喊着万岁；司令红着脸，一只手插在皮带里，粗嗓子的演说。村中妇女们全挂着眼泪！不知那是欢喜还是悲伤？那时她想如果不是有孩子，她一定也挂一支步枪和唐老疙疸一样，和别的队员一样……加到那红色旗的下面。听那个短身材的人演说，声音并不美丽呀，语句也并不巧妙！但是人们却被他感动着、吸引着。女人们眼泪挂到脸上。狗在墙根下安静地垂着喘息的舌头。

"同志们……男同志，女同志们，我们从祖先就在这里居住啊！看那树啦！墙上的一块石头，房子的一根椽子……全是祖先费过力弄得的吧！我们过去的祖先，是受前清那些王八羔子们管辖，给他们纳租、纳粮，叫他们作皇上。我们为什么要皇上呢？……后来，张作霖父子又来管辖我们……他们养兵、打仗、造兵工厂……这是为的保他们自己的天下……诓骗我们说是卫国——打日本人——现在日本人真的全来了……他们却一枪也不递地就跑了……他们腰里有钱……到别处还是一样享福的啦！他们把钱全存在外国银行里……"

那个司令，一只拳头上下捣动，他愤恨得似乎这拳头可以击透了地体，击碎所有的敌人……听着的人们，似一块整块的铅，没有骚动，也没有分离。这粗粗的声音又继续下去了：

---

① 子弹筒。

"现在日本人一天比一天多了,日本兵也一天比一天恶了,还有高丽人……他们要完全将我们赶跑!他们住我们的房子;种我们的地,老的牛马他们杀死,拣强壮的使用……我们祖先底坟墓要刨了,我们底子孙,也再不能在这里活下去了——"

提到子孙,这使年老的悲伤了。成群地响着鼻子。

"……为什么呢?应该打仗的王八们,跑了。遭殃的是谁呢?除开我们老百姓还有谁呢?我们现在就等着日本兵将我们赶跑吗?叫他们将我们赶到大海里去喂王八吗?还是就在这里等死?"

"不,不——一定要和他们拼命!拼命……"

这是群众的声音,湮没着山冈,湮没着远天……墙根下半睡眠、垂下舌头喘息的狗也惊跳起来,被不老成的青年人踢开去——这是表示着不能融和的愤怒。

"是的啦……我们一定要和他们拼命……我们是人民革命军……凡是不想死的全应该来加入……我们自己来救自己……"我们底同志在什么地方全有的啦!我们一定有全联合起来的一天,建设起我们自己所需要的政府啊!什么前清、张氏父子,什么'满洲国''刮民党'……我们全不要他们。他们不是将我们当人看待着,他们拿我们做奴隶。我们死了,他们是一点也不可惜!现在日本兵把宣统弄来,要在关东做皇帝!这就是证据!我们为什么要做奴隶?我们不想做奴隶,也不想被日本兵赶跑、杀死……要建设我们自己的政府。我们一定要先把屠杀我们的日本兵,日本军阀走狗们杀得一个不剩——一个不剩,我们才能活着,我们子孙才能活着……"

青年农民们回家准备自己底枪；老年们勉励着。妇女们自那天起，全要自己底丈夫加入人民革命军。

当夜，李七嫂她一直是思索到天明。孩子累了她，不然她也会同男人们一样，爬山冈，打日本兵，和自己底情人在一起……不过这全成了李七嫂过去的幻想！成了她过去一点点鲜明的追忆。

孩子完了，情人也完了，如今她真的捐起情人遗留下的步枪，同别个男人一样。这不是她能梦想得到的。

在几里外，由各种间隙，恍惚似有篝火的光透射过来。沉思被这篝火光打碎了。

……

铁鹰队长鼻子突出，眼睛深深地埋到眶子里。两条臂，捉抱着膝盖。脸色为篝火所燎烤，显得发红。但是没有光泽。胡子蓬蓬地，腮上颊下和唇部的四周全有。衣服的一只袖子，裂开着长长的洞口，轻轻起着飘飞。帽子除下，头顶近乎隆起而闪光，辉映着天空的月亮。

轻轻听到了呻吟的声音，发自背后。在背后，在地上，那是连环地睡着几十个人。其中着了伤的不能忍受，发着连环的呻叫！

"同志们，痛得很吗？把带子再紧一点——"

铁鹰队长很困苦地转过头去，茫然地，向发出呻叫的地方看了一眼，又接着说道：

"……大约还得忍受一刻！我们底担架队就可以来的。这里派去的同志，去的工夫也不小了，怎样呢？疼得还厉害吗？'挂彩'在我们真是常事啊！"

他说着沉默了一刻,似乎说了不应该说的话一样。在革命军里,已经不许再用匪贼中的隐语。为了习惯,今天他却用了一句。同时他又看了看自己那只有着洞口的衣袖。他知道如果那个日本兵的刺刀再准确一点,这只臂膀也许不会再是完整的了。

呻唤照旧是呻唤,勉强的一刻自尊,总是抗抵不了现实持续的苦痛!起始还是小声音的,接着便汇合得庞大了,最后竟夹着哭声和诅咒:

"妈的,担架队全死绝户了吗?不来……"

"这样再……疼一个钟头,我非用枪自己打死不可……"

"对,我也随着你,反正这算残废了!我的左手算完了。"

"……"

悲惨的互诉着,哭泣着,诅咒着,绝望的叹息……这全在刺痛铁鹰队长底心!他摸摸身边的手枪,又无意识地放下去。眼睛不转动地向着篝火堆——火堆也渐来渐显着暗淡下来。火焰无力跳动,越来越短小,四周增多了灰烬。灰色的夜,轻松沁凉,没有间隙地围袭着人。

呻唤很不安定,不正常,好似海里的波浪,起伏不定。但是每次全似击打沿海礁石一般,激打着铁鹰队长底心!

"这是一个创伤啊!"

他想着那日间交战,唐老疙疸怎样了呢?还有那个女人?也许被背后抄进去的敌人俘虏了去?或当时就杀了。不然他们一定要被拷问。唐老疙疸是不可靠的队员,他会因了难忍受那种种拷打、非刑,而什么全说了!那,本部队现在的地方是危险的啦！不然，担架队应该快来的了？

篝火不再有火焰跳动，有的只是炭块一般的燃烧，近乎安宁的喘息！

一个伤者，在呻叫得没有希望的时候，他竟开始唱起歌来。这歌声俨然是一条燃烧的火柴，抛在了有毛绒的毡上，一块石头投到安宁的水里……传染了所有的伤者。即是睡在地上没有着伤的队员们，也被这歌声缠裹住。起始还是迷蒙、模糊的，在半睡里接受着感动，接着他们竟是跳起来踏着拍子合唱起来：

> ……
> 弟兄们死了，被人割了头；
> 被敌人穿透了胸！
> 活着的弟兄，要纪念他们，他们作了斗争的牺牲！
> 世界上，惟有为解脱奴隶的运命，才是伟大的斗争；
> 惟有，作了自己弟兄们的先锋，才是铁的英雄！
> 才是伟大的牺牲！
> 弟兄们忍耐着艰苦！
> 弟兄们忍耐着创痛，
> 不忍耐没有成功：
> 不流血怎能解脱奴隶的运命，
> 在地狱的人们，不会有天降的光明！
> 只有不断的忍耐，不断的斗争……
> 饥寒交迫的弟兄们……
> ……

铁鹰队长脸上轻轻地挂了两条感动的泪流！他底眼也还是笑着。歌声和呻叫声一样击打他。在这歌声里面，他寻到了力的源泉。在月光的昏暗里，他又轻轻地将这泪痕拭了去。

趴伏在不甚遥远草丛里的李七嫂，起始她为那呻叫声所烦扰，后来她又被这歌声所摇动。她爬起来，马上就要过来，也加入来唱，可是她又趴下去……一直到歌声止了，人们渐渐又回复了安定，呻叫声又轻轻继续起来……这烦扰使她再也不能安心趴下去。她爬起来，顺了草丛，步枪横提在手里，很快地走过去——

铁鹰队长正在寻找思想一般地思想着。丛草骚动的声音，使他清醒了。接着是一个深灰的影子，已经浮现在几十步以外，并且很快地蠕动起来：

"谁——？"手枪担在一只腕子上，迅速地俯下身子去，接连所有站着或是坐着的人们，也全俯下了身子。

"谁？赶快站住！"

"我……我是……"急切，李七嫂她该怎样称呼自己呢？谁知道她叫李七嫂吗？还是知道她的闺名叫环子？这又是不容迟疑的，她的心脏不可制止地骚动了，颤着声音说："我是李七嫂……我是从王家堡子来……我是认识唐老疙疸的……也是认识铁队长的人……"

凝止了一般的气流，开始轻松，在人们有了一种小骚动。步枪依然还是担在地上，瞄准着这个幽灵样子的灰影。

"你是李七嫂从王家堡子来？——举起手啊！"

"李同志，你去验看验看——喂！你再向前来几步啊？手不准动——"

伏在那边的李三弟，躬下身子挨过去临近了李七嫂。使他惊讶的是李七嫂所穿的衣服。在臂上也还系着有地有星的臂章。这一切全是他所熟悉的。他看了看落在李七嫂身后的那支步枪：

"得啦！她是李七嫂——"高喊着接了又问，"你怎么跑到这里来？你在树林子里……怎么逃脱的？——放下手，让我拿着那步枪，到这里来。"

李七嫂似乎有点熟悉李三弟。那是在唐老疙疸抱起孩子跑的时候，他曾那样吆喝过他们。

伤者也停止了呻唤！有的还尽力爬向前边要听听李七嫂尽说些什么故事，形成了一个人环。这时的李七嫂，俨然似一个孩子被丢失后，见到了自家亲人，唤起不可遏止的、睡着很久了的伤心！虽然这里没有妈妈，也没有了情人；有的尽是挂了枪的同志们……

他们知道了唐老疙疸是怎样了。也知道李七嫂怎样能变成了这样一个英勇的女人！他们狂热地赞叹她，全把一颗青春的心要送到她的怀里去温暖！他们大家要去拥抱她，亲她的脸……伤病者要她到每个人的跟前，抚摸他们底伤口。

歌声又在人群里拉起，雾一般升腾着欢笑。

铁鹰队长深深地，深深地，用自己底全心拥抱着这人众。他摸抚着李七嫂携来的步枪，眼睛向着人群，又轻轻地、轻轻地在脸颊上挂下了两条泪流！

……

李七嫂梦样迷惑着，她不知道这是欢欣，还是什么？心脏悬空地，什么全忘掉，被洗浴在苍茫的歌声里。

歌声不久就会消失的。那适才不安定和怆痛的心，现在也随着这歌声疲倦下来。同时她清明地意识到，从此她也将和别的男人们一样。现在她是什么也没了牵挂，没了孩子，没了家，也没了情人……却有了同别人一样的步枪。她不独可以防止了日本兵对她的侮辱，还可以任便杀死了他们。她常听唐老疙疸称赞过司令跟前那个高丽姑娘安娜：

"嗬！那小家伙！真是什么全懂！替司令管文件……常常还给我们讲：为什么非得革命？中国的农民和世界上的被压迫阶级，就不能再生活下去；为什么当前非得把日本帝国主义者打跑不可……若不然日本人一定要比处置朝鲜还要更加厉害，来处理满洲的民众……那小家伙，也教给我们认字，她说一个革命队员必得要随时随地求知识，这样才能对于革命更热烈……她的枪也是打得很'靠'哪！"

当唐老疙疸每次掉着文说着安娜的时候，他底眼总是热烈地闪着光，拳头打着膝盖，唾沫星飞溅着，会使七嫂诅骂他：

"一个男子汉，被一个女人教训着，还不是羞耻吗？在这里还有脸说？"

"……你不用不宾服，早早晚晚你一定能……那个时候你就服嘴了！"

唐老疙疸笑着狡猾的眼睛。

"别人能干的事，我也能干得来！将来干给你看看。"

李七嫂每当说到"干给你看看"，她底脸色是严肃的，隐隐透露着一种不可思议的坚决。

铁鹰队长孤独地坐在那已经烧得要尽了的篝火旁边，手里还是摸抚着那支步枪，谁也不知道他尽想着些什么。在天的一边，已经淡淡地拖直了一条乳白色的狭带，像要将这所有的山峰束合在一起。接着一种酒醉了似的绯红渲晕着。接着又是一抹沉重的灰色浓云……

露水，雨一样浸湿了人的衣服！一种沁凉，近乎透骨。伤者似一具键条不好的钢琴或风琴，没有节拍地发着呻吟！

从对面的两个山峰的鞍部，拖长地爬下了一队灰色的人们。曲折的，一刻又被树林遮断了。

树叶静着，各样植物的叶子也静着。人们是纵横地睡在这山环里一块小草原上。这是在一个山腰，脚底下有着不可测的树木和溪流。水流动的声音，还能听得到。李七嫂寻找她夜间的来路，很不相信自己能够这样熟悉竟来到这里。——到王家堡子的道路还在这谷的外面。这里是安全的，到龙爪岗有着复杂的小路，差不多任是一个队员全熟悉的地方。

"同志们，我们底担架队到了。"

伤者止了呻吟，睡着的跳起来……这是救主一样使他们欢喜啊！

这该是怎样的担架队呢？同志们抬着同志！在临上担架床，会使伤者不能克制了呻吟和尖叫——担架床却是很好呢！全是由日本兵那里获得来的。

安娜也来了。她没有闲暇抹开自己脸际的汗流，迅速地裹着每人的伤口，嘴里还是这样说着：

"同志们，怎样？太紧些吗？忍耐点，路中省得脱落。"她说话舌头不很自然，但是温爱而又甜美的，每人全这样感觉到。

"安娜同志——"铁鹰队长走过来。"这是新加入的一位女同志,姓李。她可以帮助你裹扎绷带——"

安娜并不停止她的工作,她笑着,看铁鹰队长指给她的女同志。——一个穿着不相称的男同志服装的人。

"好的,李同志请你来吧——"

很快地,李七嫂学会了安娜几种扎绷带的方法。同样她也是这样说着:

"同志们,怎样?太紧些吗?……"

……

穿着树林,穿着山腰,静默地开始了向龙爪岗进发。太阳透不出光芒来,只是在阴云后,被掩没着打转。

铁鹰队长底手枪插入带子里,他随行在队的后面,眼睛深陷地看着前边。

李七嫂同安娜走着,她看着她那强健的腿肚,不费力地爬着山坡……

"安娜同志,怎样?你不觉得累吗?"李七嫂很难为情地扯着安娜的手指尖。在她自己是感到充分的疲乏。

"这个是一样的——"她笑一笑摆脱开手指尖。

李七嫂从路边掐到一枝小小的野花,簪在安娜的帽子上,安娜并不拒绝她。

铁鹰队长,看着这拖长的一队;看着每个担架床上同志们脸色——灰白衰弱……在满是阴云,没了太阳的天空下,更显得惨淡!

他又注意到安娜和李七嫂。她们两个背影也会使他如遭受了一种侮辱一般不安定。——如今女人们也拿起枪来了!

在铁鹰队长一向是知道女人不能拿枪的。克服敌人还是男人的事！他对女人常存着蔑视。

在过去的梦里，他一向是英勇的。虽然杀人是平常的事，但他从来也不杀女人和老年人。他不屑毁灭一个不能和自己抵抗的生命！他也从没爱过女人！虽然在当胡子的时候也有女人伴着睡过，同别的伙伴一样。这是不常有的。现在他做了革命军队长，打仗现在是有计划地打了，现在打的是日本兵。司令训练他，他也知道了当胡子是反革命的。当胡子并不是他本身的过错。

当他一切什么全明白了以后，他变得软弱了一点！虽然他的身材还是那样挺直的，他打仗也还是比任谁全英勇！变得软弱的是他底心。他懂得了怎样思想，怎样非扑灭了日本军不可，怎样把同志看成比自己底弟兄更亲切，怎样遵守和奉行革命军的纪律……

每次同志们战死全要使他心伤！他心伤不是别人知道的。别人知道的只是他是一个英勇的队长，一个守革命军的纪律，和遵行革命军命令的战斗员。他们一同投来的同志，在每次斗争里全葬埋了！他没有被葬埋，那也许是因为还没有到应该葬埋的时候。周身印着每次斗争的弹疤，这是他所忽略的。

"'挂彩'是常有的事呢！"

山头有风吹过来，他一只臂上久久被忘怀了的洞口，现在又被风鼓动着、飘飞着。——从这里下去奔大路，那是有被日本飞机侦察的危险，可是这是比较平坦的：

"同志们，还是走小路，奔右边那个山呀——"

他先头带队将要到岔口的时候，后面在喊着。

"着伤的同志全受不了啦!小道上的石头太多;树也太多!担床的同志们脖子全肿了!大路平稳得多——"

"不成,我们必得走小路——"

……

树根裸露着,道路因为每次雨水的汇流,已经形成一条小小的沟。沟底裸露着有棱角的石头。

担架床不安稳地颠荡,床里的伤者呻唤得已经绝了力!色泽不新鲜的血水,透过单薄的床布,轻轻地继续飘落到地上。

这里没有时间,也没地方可以换掉他们底绷带,安娜和李七嫂只有无可奈何的焦烦。李七嫂周身酥软着,安娜扶持着她;步枪已经由铁鹰队长挂在肩上。

一种饥饿,损害所有的队员,困疲无言地爬行。待到距离龙爪岗还有三里路的地方,李七嫂她再也不能拖延地走下去,她留在一块石头的旁边,开始呕着血!

安娜留在这里,其余的还是前进。铁鹰队长使李三弟也留下。

铁鹰队长加重着焦烦,手里抚摸着唐老疙疸底步枪!

"这又是一次损害呀!"

在龙爪岗他看见了飘动的红旗,他对于这红旗,这次带来的却是损害!

铁鹰队长向司令陈述着战斗的经过。陈柱同每次战斗失败了一样,没有什么表示的,只是颊骨咬得更痛楚些,脸色没变动地说:

"没有纪律,终归是不成的哪!这次被损害了,这是唐同志,忘了任务!忘了纪律——"

在每次遭了损害，或是获得成功，他总要提到纪律！仿佛纪律是什么全可以主宰似的。

"是的，这次又是纪律上的损害！"

铁鹰队长很同意地这样说了一句。在那面，石头上坐着的萧明和另外几个队长，却似不注意到这些。

"司令同志。连同唐老疙疸，我们这次是被日本兵损害了七位同志了！现在还有着伤的这些！同志们底尸首，不见了！同志们底枪支也损害这样多！怎办呢？这里是再居留不下去的，我们再没有力量和他们接连的对敌，应该找个地方休息一下……"

"是的，我们得休息一下……恢复恢复力量！同志们的伤，也是需要调治的！"

别的队长附着萧明的提议。铁鹰队长沉默着，用脚尖轻轻点着地。陈柱两只手交叉地纠绞在一起，也是沉默。

山坡下伤者们呻唤；别的同志准备早餐。其余的，纵横地睡在草原上。不甚远的从左面山梁上有人爬过来了。看得清，那也是正抬架着一个人呢。

"我们得休息一下——杨同志，你们今夜在附近要攻下一个'大家'，最好离大路远一点。就是岗那边有炮台的一家吧！杨同志，何同志，你们在一起，另外再选拔三十个同志——"

当担着人的担床，走过陈柱他们底眼前，那张惨白的，由嘴角还在向外面沁着血的面影，他们寒战着。长长的头发，时时被风吹动，一半是搅染着脸上的血。

"铁队长同志——"安娜费力地跨上了山坡，得救一样坐

八月的乡村

在一块石头上。她先除下肩上的绷带包,随后又解下手枪。人们全听着她要说什么,她不匀衡地喘息了几口呼吸,才接着说道:

"李同志,怕是要不行哪!我们再这样跑;这样对敌,那她一定非死不可。——别的着了伤的同志也是一样。应该休息在房子里。"

于是休息的提案,便成了决定。当前的斗争,和所需要的就是怎样寻到休息的地方。

"萧同志,杨同志,何同志,我们就这样决定了。今夜你们要将那个'大家'房子借好了——在必要时应该攻击的。"

他们从冈顶将那飘扬的红旗,也取下来。一同到草原上去早餐。

司令他看过每个伤了的队员,他们吃着东西。那是黏米豆团,有的吃着,有的只是放在一边仰面看着天。伤势比较轻的,那是打穿了肚囊,也许没有伤到肠子和胃吧?虽然呻叹着,也还是甜蜜地吃着。这全是由王家堡子每人分带出来的干粮。

碗是不敷用的,轮流尽伤者用。强壮的,到山下去喝溪水。最后陈柱又走到李七嫂躺在的地方。她昏迷得已经什么也不知道了,轻轻地不匀整地呼吸着,肚皮一起一落。眼睛合闭,头发萎落在地上,那身不相称的衣服更陪衬了哀伤!安娜正弄到一点热水,为她洗着嘴角和脸上的血污。血色已经变得发黑,同时还黏结得很固执。

"怎样?安娜同志,她许不要紧吗?"

"这不敢说定哪!她血呕得够多了!"

"别的同志呢？"

"别的同志？……"她依旧蹲伏着身子，只是扭着脸向那边——那边的伤者，有的企图要坐起来，呼唤着别的同志来帮助他。别的同志们有的吃完了自己底粮份，不满足一样地打着辽视；交抱着胳臂，有的来复的跑着，笑着，或是擦拭自己底枪。几个队长正围在一块石头近边，计议着什么。小红脸在一株孤独的树下，又咬起了小烟袋，他旁边的是正吃着黏米团子的李三弟。萧明在草地上打着徘徊……

"……有的，在应该休息时候，才能想办法！我们底药啦！绷带啦……什么也快完了！"

安娜又在药囊里寻到一个小瓶，倒出一点药水来搅在一只盛着半下清水的金属的杯里。

"来，请你帮助我撬着她底牙齿，我把这点药给她灌下去。"

安娜把一只匙子先撬着李七嫂的牙关，而后交给了陈柱。他很担心自己会不能胜任，他微颤着多毛的手，注意地看着安娜轻巧而敏捷的动作。

"好了——"陈柱把匙子交给安娜。她又开始走向了伤人的丛里。陈柱一只手插在皮带里，辽阔地看着这个忙碌的小影子，他叹息着：

"女人是没有疲倦的母亲啊！"

他轻轻地，又走向别的方面去。

……

小红脸，看着这些忍着饥饿，在日本兵弹火下逃亡出来的一群！草地上同志们底呻唤，又引起他的回想。那是和投向王家堡子路上所想的没什么两样：

"什么时候我才可以自由耕田呢？手里把持着犁杖柄，也可吃袋烟。老婆啦，孩子啦——那个招人爱的小王八羔子——老婆也还是好的啦！多么知道疼热！愿意吃点什么便做点什么……只要和老婆一说……"

陈柱的影子将他底思想给截断了。——他走过来，用不确定的眼睛在寻找谁：

"王同志！吸你的烟，你就说给我萧明同志到哪去了？刚才我还看他在这里走着……"

"萧同志？……"小红脸闪着眼睛，他不能决定他是将小烟袋由嘴里取下来好呢，还是就那样存在着？最好他还是不取它下来。

"反正这也不是军队里的官长！用不着怕，也用不着讲礼节的。"

"你找萧同志吗？……"

"我找他——"陈柱节省着声音。

"他，他刚还在这里来……许是到哪里去小便？——李三弟你知道吗？"他用脚尖触着睡在地上的李三弟。——他底帽子扣到脸上。

"你到下面去看看——他也许在那里！"

"我去找吧——"陈柱又猫一般轻轻地走了。小红脸却接续不起他底思想。小梁兴由那边爬过来——他底帽子尽可能的扣在后脑勺上，胸襟裂开，似乎什么也没威胁过他一样，坦白和愉快。

"好哇！小红脸同志！今晚又该开火了！冈底下那个'窑

子'——看看我有这么多的子弹呢！分给你几个？"梁兴拍打着挂在身上的弹带。

"我不要，留你自己使吧！"小红脸笑笑地看着这个孩子的脸——变得消瘦而枯黑。他接着说：

"你还是爱浪费子弹！等缺乏的时候，那是危险呢！比粮食还要金贵哪！"

梁兴他并不以为这话是对的，他是看不起小红脸常常那样咬着小烟袋，没有生气地胡想着。他心里却这样埋着一个仗恃：

"反正打倒一个敌人，就有子弹使的。"

他从不想敌人会打倒他。他是信任司令，也信任铁鹰队长。他有点不大喜欢萧明了，那是因为他太文绉呢！

"我们革命军，无论目前怎样失败怎样牺牲，最终胜利还是我们的。失败，牺牲，那是为了被压迫的弟兄们，为了中国人民。我们是先锋队，我们是被压迫弟兄们的先锋队。我们不牺牲，谁牺牲？……同志们，我们无论缺乏什么，敌人全会送给我们的，这就是说：'他们是我们的输送队'……"

这是司令常常说的。所以当他们每次和日本军队或是"满洲国"军队接火，他们就称这是接迎自己的"输送队"！当两军接近，能够听到互相叫骂的时候，他们总是这样骂着笑着：

"输送队呀——输送队……"

是的，敌人队伍中，也一样叫笑着，他们并不生气叫他们做"输送队"——实际他们常是这样的输送着。他们也有时把子弹卖给革命军，这还是公平的交易哪！

"司令才向你说什么？"梁兴拾起一块石头抛出去，接着又拾了一块，在手里颠动。

"他找萧明——"

"找他干么？"

"这是不知道呢！大约是商量，晚间怎样攻打冈底下的'窑子'吧！"

"你说给他，萧明到那里吗？"梁兴笑着，歪着脖子，显着挑皮和狡猾！用手里石头投到地上，又拾到手里。

"才他还在这里走着，走着……不见了——司令自己去找了。"

"哼！他也许找得到？"

小红脸听着梁兴底语音，他迟缓地翻着眼睛，看了看梁兴，接着说：

"你又想说什么坏话吗？小伙计！"

"他妈拉的，反正女人全爱漂亮的小伙子。别看不起我才十八岁！什么也全瞧得懂呢！——同志们全在说萧明的坏话哪！"

小红脸不理他，加力吸了两口烟。小梁兴感到无味，丢开手里的石头，帽子照样尽可能扣到脑后，响着肉口哨，走开了，又加到别一堆人里去。

陈柱拨着向山坡下去的小树和茂草，向前移动。在快要到临近水边的地方，他听到了似乎安娜的声音。他下意识地止住了脚步，让自己底身子隐在树干和草丛的后面。

暂时是静静地。

萧明和安娜并肩地坐在小溪边一条横倒的树身上。安娜用一枝树条不经意的击着流动的水波，使它轻轻溅起零星的水花。绷带包和手枪垂挂地留在身子的后面了。萧明底帽子也除下来,头发很妥帖地趴伏在头顶上——好像是将用水梳洗过。

"……九个同志,死了四个了!我也明知道这是应该的,就连我自己也是一样!不过,我还是想念他们!这是任谁也不知道的。我知道,我这样人对于一个真正革命队员的要求,还差得很远!一个革命队员一定不许有动摇、有悲伤的……"萧明底声调是一致,没有抑扬,也没有顿挫,仿佛是一汪汪,在月夜里面流去没有涟漪的水。

"你有时,也想念到你底祖国吗?……"

萧明把中途的话折转到安娜底身上来。

"祖国?……多少是有些怀念的啦!不过,我是生长在中国,祖国的情形,总是爸爸向我述说的!……"

"……你父亲,他在上海怎样呢?"

"那面情形很糟糕!"安娜用力使树条抽打了水波一下,接着说:

"……在幼年的时候,父亲、妈妈,总是讲着祖国里的悲惨啦!日本政府怎样使朝鲜总督加紧压迫朝鲜人啦!他们常常是痛哭一整夜,一整夜的!……父亲的友人们来的时候,也是集在一起讨论,痛哭!引得我们小孩子也痛哭!我从有记忆的一天,我就记得向日本复仇……"

"你几时加入组织的?"

"这个很早咧!在十四岁的时候,我就开始被训练着了。爸爸现在的胡须很长了!他再也不提到祖国,也不再流泪,他现在工作是忙的,还时时有被中国政府逮捕的危险……"

"你到满洲来,是组织里的任务吗?"

"是的，也是父亲的意思……在临行他说：'去吧！安娜！到满洲去工作吧！只要全世界上无产阶级的革命全爆发起来，我们底祖国就可以得救了！不要信任别的，安娜！到满洲去吧！那里有我们几百万同志，也有我们底敌人！开始去和王八的帝国主义者们，做血的斗争吧！'他说'祖国'这是最末的一次哪！……"

安娜只是述说，在他们背后的陈柱，被感动着。他手抓住一株小树，勉强镇定着自己。同时他想到安步东，一个怎样英勇的，为革命而什么全丢掉的英雄！

"萧同志，你应该努力克服自己呀！——动摇会死灭了你自己……"

而后他们底声音使陈柱听不清了。同时也不想再听下去。他要退到山冈上，叫别人来找萧明，好计划怎样在夜间攻取那个"窑子"。

一块石头，嘣——一声，投到水里去了。水花飞溅到人的身上。他们惊愕地寻找投石头的人，发见了，在后面帽子扣到后脑勺的梁兴，狡猾地在笑。

"你这贼——"萧明用手枪指着他，同时脸颊不自禁地有了涨红。

"我不是贼，我是司令底传令——司令要你马上就去，萧同志，听见吗？"梁兴把帽子还是尽可能地向后脑勺子上动了一下，摇摆地走了。萧明同安娜也爬上了山坡。

太阳已经快挂过西天。侦探的人们回来，揩着脸上的汗。在一处有荫的树底下，司令就坐在那里。人们坐着，立着，或是两肘支着地正围着他——萧明，安娜，他们分别走开，安娜去巡视病伤者和李七嫂；萧明一直向人围的方向走过来。

"司令同志——"萧明向陈柱打过招呼，就捡了一块石头坐下。一刻安娜也回来，在脸上似乎增加了一层哀愁，深深地印入萧明底眼睛里。

"诸位同志……"陈柱看一看他周遭的人，全似期待着什么一样。他接着垂下了眼睛，安定了一刻而后说：

"……今夜，我们要攻下冈下那个院子。要注意这是比和日本军斗争还要难！这里面要有几十支大枪和小枪。据去侦探的同志回来报告，那里守护得很周密。炮台也很坚固……"

他又沉默了一刻，最后他把手扭绞着决定地说："无论怎样，也是得攻下来的……如果要他们自己答应我们……应该是困难的！总之非得攻下来——反正，这全是有势力的地主。"

一切按照计划开始布置。把所有的人，分成了四部，一部由铁鹰队长率领——安娜也属于这里——守候这里的伤者和行李，算作预备队。余的三部由陈柱、萧明、杨队长率领着。在月亮还没有爬过山头的时候，他们开始向预定的目标，做着探险一般地爬行。

……

正是这个时候，在山谷里，在安娜的怀里，在铁鹰队长和所有留待在山谷里的同志围绕着的当中：李七嫂死了！唐老疙瘩的步枪，也还是放在她的身边。

七、毙了他们必要吗？

消息，像秋月里的蚊虫，嘴角尖锐刻薄地到处飞着，传布着,传布疟疾那样传布着各种各样的消息——某个市镇,某个乡村……被义勇军占领啦;某个地方的农民组织起了自卫军,自卫红枪会,黑枪会,更惊心的,竟有一面抗战着日本兵,一面和乡村里的大户作对,所谓人民革命军也出现了。日本兵一天用炮灭几个村庄;"满洲国"的兵们枪毙了日本军官,叛变去投入了各色的团体……不间断,像流着的水一样,在各处流走着。采取不同道路,不同的方向流走着。他们共同唯一的呼声,是驱除和歼灭屠杀中国人民的日本军,和那些走狗的军队们。

王三东家,自从听到冈上有成伙的人盘聚着的消息,他是感染了疟疾一样的不安。他想不出这流派是那一流派呢?义勇军吗?是胡子呢?义勇军和胡子是没什么区别的啦!不,义勇军是不绑票呢!要枪,要子弹,烟土,纸烟……也是一样的哪!他们也不同日本兵、官兵,那样到处强奸女人。

"南岗山洼里,又来了那些人哪!打着红旗,自己在那里做饭呢,全有枪,还有女人……"

一个早晨,放牲口的秃四,跑着来告诉王三东家。王三东家在院子里走着,看着内院的墙壁,外院的墙壁,墙角间的炮台……家里的快枪是足够用的。只是伙计们太少了。家里的钱财不必担心,全存在城市的银行里。大东家、二东家,同他们自己底老婆孩子们,全到城里去住了。三东家,舍不掉这样一片宅子给佃户们住,或是被胡子们占了去。他发誓要守在这里,时时他念着老人给留下这样的家产,是不容易的啦!一千垧地,这样的房子……太平年月总会有的吧!他瞧不起他底哥哥们吃鸦片烟、赌钱、娶窑子女人……他是朴素的呢!不肯浪费钱,也从不肯让过佃户们一个租钱。佃户们给他的绰号"白脸三曹操",见面那还是称三东家。

他想着,这应该怎样办呢?到城里去请官军一定来不及。不然,早晚山冈上的人一定要下来。这与穷人家没有关系的。他是这里的首户,一定是脱不过。一直快到黄昏,他决定了把所有附近的佃户招了来,一面他秘密派秃四到有"剿匪军"的地方去报信。

就近十几个佃户,抛开自己底家,来听三东家的吩咐!

三东家在院心里走来走去,手不停地指着南山冈;嘴里讲着好听的,使佃户们有点不相信的言语。因为三东家从来嘴头是巧妙的。秃亮的头顶,也是有节奏地来回摆动。小眼睛深深地很轻妙地嵌到肉里去,形成一条缝,勉强笑着。因为在眼尾有皱起的肉纹,那是在表示笑,也是在表示焦烦。

佃户们青年的,全不耐烦听这样屁一样的唠叨,老年们为的要表示他们的厚道,要表示他们是忠于地主们的佃户,却显示出更谨慎,企图在患难里感动三东家底心肠,至少是有好处的。虽然他们也明知道三东家是"白脸曹操"。

"东家说的不错啊!俺一家老小全是吃东家、穿东家、指仗东家活着……现在东家有事了,就是要俺们底命,也说不出别的来哪!"

佃户老孔,特别要表示他是更忠于东家,用手掌拍着胸膛,他底小发辫很固执地盘踞在头顶上,脖子的脉管高高地裸露着,胡子稀疏地起着颤动。

"老孔,才是血性汉子哪!"三东家称赞他,同时又说,"好歹我们是地东、地户多年了,平常谁对,谁不对……全是有个担待的。比方我们家里有事,你们来帮忙;将来你们有事了,做东家的,还能够白瞧着吗?……还不是一家人一样吗?……"

谁全知道老孔底老婆是今年春天死的。死的时候是用一领破席子卷着埋到土里的。三东家什么全知道,三东家也并没说什么。不过老孔并不计较这些,他是不晓得怎样记仇的一种人。

每人一支步枪。三东家,又每人给了五十粒子弹。告诉说:

"子弹不要浪费啊!子弹现在真贵的凶呢!要两角钱才能买一颗。放完枪的子母筒也不要丢了,留着卖铜也是很值钱呢!"

三东家特别破费,杀了一头猪。肉在锅里滚煮着。大坛高粱酒,敞着口。酒的香气飘溢地引诱着人。

王三东家底伙计们,佃户们,一共是二十七个人,二十七根步枪:"七九""大盖""八米厘"……全有啊!王三东家也挂了盒子炮,和一支"马牌"八音手枪,巡逻院子里每座炮台。每到一处他总是这样说:

"他们不动手,我们可不要惹他们。"

在炮台二层下,安置着火药缸,那是为了长筒的抬枪。抬枪是很厉害的,可以装大粒的铁沙、钉子形的弹子。在半里地内可以成片地喷射着,专打马队的胡子。

青年人,惊奇地玩弄着步枪。王家底炮手们说给他们怎样放,怎样填子弹;怎样放完了把子弹筒投出来;他们无忌惮地吃着煮猪肉,不熟悉地饮着高粱酒……轮班在炮台里,在院子里守望。兴奋着如孩子们盼望过新年过季节一般地盼望着那南山冈上窝藏着的家伙们，马上就爬下来——王三东家恰是相反的，在心里默默地祷告：

"老天爷，还是让这些贼种们全过去吧！什么义勇军，什么革命军，全是可恶的啦！全是一些不安分的游民！还是让我们过太平日子吧！有皇上也好，日本鬼子全占了也好，反正谁坐天下给谁纳税吧！万恶的红军，竟妙想天开来分富人的土地财产吗？天地间发财要命的哪……"

高粱酒烧红了青年人们底眼睛，烧热了青年们底心，沸腾起野性的血流。他们大声地骂着，骂着南山冈还不马上就下来的一些人；唱歪曲和淫亵的小调。他们不和老年人在一起。在炮台里面谈论女人，又谈到义勇军、革命军，和听到日本兵在什么地方把小脚女人底脚剁下来，挂在树枝上；剖开有孕女人底肚子，绑她在大炮上去打"大刀会"那些事。就他们所知道的他们全谈论着。有的在谈论里，因为酒吃多了已经睡去。最后他们又谈论到王三东家——王三东家巡回到这里，又巡回到那里。每到一处，他总是这样说：

"天是时候了，多清醒点吧！"

所有的狗，全关锁起来，怕它们吠叫混乱了声音。

"全像今天这样还不错，有酒喝，有肉吃……"一个叹息地说着。

"可是王三这家伙，真够鬼的啦！过河就拆桥。"一个暗在墙角的人这样说着。

"你小心叫他听见。"一个在劝阻他。

"听见又当了屌毛？——你放心吧！这个时候，你就是骂他八辈祖宗，他也假装听不见！听见又能怎的？这些人把枪嘴一掉，就到冈上去挂今'注'！这年头才好呢！也没有老婆赘着脚——"

"就凭你这脚色，还要去挂'注'？你知道枪由哪头放？嗳！要说俺吗？"

"放枪还有三天力笨？——就这么一拉，这么一推：再这么——""钩"字还没说出来，"嘣"的一声，他底枪已经走火了。人们开始骚动了。睡在墙角的人们纷忙着寻找自己底枪。

"走火了吗？"炮手在外面问着。人们的耳朵只是沉重地响着，着了锤击一样的吱鸣着金属样的声音。谁也没有听到门外的人在问什么。

"发现什么动静吗？还是枪走火？"王三东家也跑了来，他手挥探着一只手电灯；另一只手捏着手枪，机头高翘着，用大拇指格碍在中间。那个枪走火的青年农民，他还是原姿势抱着那支枪。眼睛睁大地没有回答。显然他是有点昏聩了。震落的尘土轻轻在飘飞；有不甚浓郁的烟，从枪口，从枪机槽的地方，悠闲地沁出。

"抽开枪栓啊？"一个青年农民取过他底枪。但是枪机因药烟的黏结，很费力才算使弹筒丢抛出来。有的人拾起了它，那是遵从着王三东家所说的"铜也可以卖钱"的话。

人们的骚动平息了。在林子里却引起了一串夜猫子的嘎叫声……

……

死静死静的围墙，整齐排列得像一所小小的城池。在转角部分更高耸一些的，那是炮台。模糊地，由炮台眼探伸出来的抬枪管，显着很苗细，很贪婪……

秋虫在各处叫得更显著，使人感到一种不可说的凄伤！夜鹰在树枝上打扑着翅膀，常常听到小鸟们不安定的啾唧！

萧明期待一样看着天，想着日间，想着安娜，想着安娜用树条抽打着溪水，激起来的星点……又转想到这当前的斗争。——杀人是不可避免的。在他想着崔长胜常常问他——什么时候那样日子才能到来呢？现在他又来问自己了：

"什么时候才可以避免了人杀人啊？"

十几个同志，也是伏在地上。他们是沉默地，只是等待当前的斗争，没有想到更复杂的事情身上去。小红脸也在这里面。这时却没有给他吃烟管的机会了。

眼睛全注视炮台的黑孔，耳朵倾听着枪声。一会在墙里，在炮台里听到了高笑声音飘出院子来，飘到远方去。

"听，里面有放枪声了。"一个队员在后面说。

"这不像向外射击的样子，一定他们自己走了火——"萧明解释着。一直到枪声引起了远方的狗叫，院子没了骚动，萧明挥动手臂，他们又开始向墙脚的方向挨过去。那墙不容易攀登，外面已经掘就不能跃过的又宽又深的壕沟；墙上布满了有棘刺的铁丝。壕的外面纵横地还放着很多不驯顺的树枝，杈丫伸展。

在左侧面也已经有了灰色移行的影子。萧明知道那是陈柱率领着队员们去攻打正门。——枪声无节制地爆鸣着了。

炮台里有枪声响了，每个炮台全开始骚动。接连有着抬枪向树林、田野远远在喷射。萧明发命令，要队员们加速地将壕沿的树枝一齐填到壕里去。他们踏着树枝爬过了障壕，开始准备怎样爬过墙去，去掘炮台的底座，好燃烧炮台下面的藏药缸。

在前门有口笛尖叫，特别是东北角上枪声更繁密，并且有喊声：

"你们这些王八浑蛋，我们又不是胡子……"

"妈的，谁管你们——着家伙——看着，不要叫他们贴到墙啊！——放枪啊——子弹咧——三东家——我眼睛什么也看不见了——真他妈，就这么几个子弹，够干鸡巴啦！——三东家钻到什么地方去啦？——四个炮台角全没用了——一会非抢进来不可——进来咱们还有好？——为什么我们替别人挨枪毙？这个'刻牙鬼'怎么也不来说'子母筒可以卖铜'——"

五十粒子弹，很快被他们发射完了。他们空着枪在院子里穿来穿去，寻找三东家。从炮台眼里向外张望着——那只是灰茫茫一片。

外面的枪声哑迷住，在东南角上的炮台，蓦地起了一个破天的轰响。在这意外的惊愕里，世界被消灭了吧？太阳爆炸了吗？整个的炮台没了顶盖，墙垣陷落下去，残破的房椽，残破人的肢体飞腾起来又落到地面。浓黑的幕烟带来了硫黄气味。整个的庭院，被这破天的火光照彻着，幕烟充塞着……由别的炮台角抢出来的人，成了没有经验，失了洞穴的耗子样，在院子里到处慌乱地穿跑……

从火光崩残的墙缺，在火光高烧的辉映下，人，魔鬼一样浴着红的火影，接连地爬进来，围墙上也全发着喊声：

"抛开枪，把手这样举起来……"

"不要开枪,我们全是地户啊!我们是被派了来的哪,给他看家。"

完全顺从地举起手来。大门敞开了,人们开始去搜寻王三东家,搜寻各炮台,各地方……陈柱命令跪着的农民站起来:

"站起来,弟兄们,我们不是胡子——"

挥着手,叫他们到一个屋子里去集合。命令两个队员:

"同志,把这些弟兄们,全先带到这个屋子里去,看守他们,不准乱动——"

陈柱指着一间屋子,他同别的队员们又开始向后面去了。在模糊里,农民们看着这个短身形的影子,他们显着惊讶和疑虑:

"这是什么军哪?是红军吗?还是义勇军?一刻全枪毙我们吗?不然我一定也去干干啦!这是机会——"

在后面,队员已经搜获了王三东家和他底老婆。他们底衣服被剥裂开,颤动地在人们围绕里面,像两只削掉毛绒的肥猪仔,皮肤是白皙的,他们这时什么全能忍受——在火光照耀的院心。

陈柱,并不向他们有所询问,只是简单地说给萧明,将他们拉到什么地方去枪毙而后葬埋就完了。王三东家听到要枪毙他的时候,他是死也不肯离开地皮。他哀鸣,他底老婆也哀鸣着,就如催缴地租的时候,他吩咐炮手们拉走佃户的牛到屠场去,佃户的一家那样哀鸣着。萧明向陈柱说:

"枪毙他们必要吗?"他把声音放得很低,但是同志们全注视着他,倾听着他。

"必要的。没有什么理由再留他们活下去——好,另换一位同志执行吧！"

人们轻微地哄笑和骚动。最后是由杨队长去执行。萧明感到一种不安，近乎伤心和羞耻。陈柱并没注意到这些。他开始分配哨兵，和派人去山冈上接迎病伤者。

在墙外不甚遥远，发出两声沉闷的叹息，那是步枪的声音。萧明知道了那两个动物，已经被结束了。同时他又感到一种矛盾被解除的轻松。他决定地自语着说：

"这是对的啦！"

队员们到处发见着可吃的东西，他们快乐得忘了一切，完全坦然，自己在厨房里烹调。陈柱到处检点着墙的缺口，随时在命令什么地方应该用人修补。而后他又讯问那一群被关在屋子里的农民和炮手。他们大概是知道王三东家已经遭了枪毙，他们也感到共同的不安。

"弟兄们，不关你们的事。天亮的时候……全可以安心回家———你们有知道枪支和子弹放在什么地方的，可以领着我们取出来，别的我们什么也不要，我们走了以后，你们可以随便拿的。这全是他们剥削你们来的——你们不全是他底佃户吗？这就对了……"

王家底两个炮手，他们忠心愿意领着去寻藏子弹的地方。同时他还说大约他还能知道藏烟土和钱财的地方。那是应该在三东家自己底卧房里，一向被三东家老婆掌管着钥匙的。

"别的我们没有用，只要枪和子弹。"

一直到黎明的时候，才万般全安定。厨房里时时听到铁勺高亮的，摹仿着饭馆里炒菜那样的声音，和有很浓郁的香气，散布出来。

长长地在每个屋子里摆着桌子,什么碗盏全是齐备的:青年的队员们走来走去,兴奋着啃吃猪骨头。

小红脸在一个屋墙角,悠闲地吸着小烟袋,看着这不常有的现象。队长们一样也是兴奋的。其中饮到酒的,红着脸色,不必要地打碎墙壁上带镜框的照片。找到纸烟,不会吸的也开始吸,玩笑着用鼻孔来代替嘴,而后引起哈哈的大笑声。

从扯开每扇的窗子,汗臭,烟气,盘旋地上升……陈柱一只手插在皮带里,轻轻眇闭着一只眼睛,高高站在门前阶石上张望着南岗。

秋月的清晨,一切是清澄的。岗顶几处轻轻静止着几条薄薄的秋云。夜露湿压过的树叶,凝碧而显着沉重,有的已经发黑和轻黄。没有熄灭尽的东南炮台里面,还不断有烟上升,同时也还散布着恶辣的气味。一具破碎了的,已经不大清楚是不是人的尸身,被焦烤在燃烧着的一根木柱上,源源沁着脂油……

打断了的枪支,子弹筒……在院子里各处散布。女人的绣花缎鞋,被一条狗在那里撕碎着……

陈柱走上了一座炮台,他察看这个地势哪里是容易被袭击的地方。在东边山上,已经有自己的红旗飘动。那地方是很适于瞭望,同时他想日本兵和"满洲国"兵,马上是不会追击到这里。

——这是比较安全的。

……

他看到从遥远的冈上已经有人向下爬行。担架床艰难地在摇摆。一刻被树林和田野遮着。——他细细地辨认每个人,却分辨不出来。他猜想行在人群前边那个较高身材的，也许是铁鹰队长。他关心地寻找着安娜，用手遮到前额上，这样也是分辨不出。

在最后又出现了一具担架床。那一共是三个人，两个担床的人，和一个走在后面的人。衣服呈着淡灰色的闪光。

"这个，一定是安娜了。那个同志伤重了吗？为什么走在后边？"

他确定了那是安娜以后，竟觉得周身轻松了许多。同时偷偷在嘴周挂起一点笑意！这笑意在陈柱的脸上，像是久久被冬天封锁的大地，一旦春来了，松软了，有几棵嫩黄的小草芽，在枯草下面生长着一般。

他踱下了阶石，什么地方飘来饭和肉炒菜的香味，烦扰了他。从厢房里他看见梁兴红着脸跑出来；赤着背膊，后面有谁在追着，骂着……他看到了陈柱，待要跑转去，但是陈柱用眼睛止住他说：

"你在掉什么顽皮？喝酒吗？"

"当然要喝的啦！不喝王八羔子们的酒，喝谁的？司令同志，你也想喝一盅吗？"梁兴显着顽皮粗野，直直身子站在厢房门口。是的，梁兴近来会更俏皮地说着流行话了。他从来也不想到实际是什么。他变得更快乐，更粗鲁，变得更会巧妙地骂着自己底敌人。就是在打仗的时候也是一样。

陈柱微笑还是挂在嘴周，静静地看了梁兴一刻，又踱向别的地方。梁兴看着这个不甚美丽的司令，一只手插在皮带里，缓慢地又踱向对墙角小红脸吸着烟管的地方。梁兴摇摇自己的头，两只眼睛交替地眨眯了两眨眯，身子一勾曲又转身钻入了厢房里。厢房里的呼喊声还是无停止。

"司令同志——"小红脸,正又陷在他过去的沉思里——什么时候才可以太平呢?什么时候可以分到应该得的田地呢?日本鬼子,什么时候才可以完全消灭尽呢?……

他从墙角出现,把烟袋从嘴角里恭敬地取下来,习惯使他如在乡村里见到某个熟人那样,高擎在手里说:

"司令,够辛苦了,吃袋烟吧!"同时用手摸了摸小烟袋嘴子,这表示是擦得干净。

陈柱接过那只小烟袋,咬在嘴里,很熟悉地喷着烟,顺便也坐在小红脸身边那条蹩脚的木凳上。

"敢情,司令也会抽烟哪?"

"是啊!我也会抽烟。"陈柱似在体味着什么,一只眼睛微眯着,显出意外的安静。

"怎平常一回也没见抽啊?"小红脸像个很殷勤的主人,以主人的身份用烟袋来招待客人,在乡村这是普遍的。小红脸一辗转又想到了他们那个以产烟叶著名的乡村。

"这烟味道还好吗?"小红脸见到陈柱只是埋在什么追忆里一般的沉思着,于是他又补充了一句,"这烟味道还好吗?"

"还好的。"陈柱和先前一样没有变动。

"这不如我们家乡的烟味多多了!这味道一点也不厚。真是嗳!"小红脸说到这里,他停止住。陈柱注视他底脸,那是已经有了很多条忧苦的纹褶了,但脸色也还是不鲜明的红润着。

"想家乡吗?王同志——"陈柱已经把那半烟袋锅烟吸

尽，在鞋底上企图叩去里面残留的灰渣。小红脸发见陈柱那只水袜子①已经残破得很可怜了！一只底子已经有了开洞。陈柱还很开心用那烟袋锅，在那残破处搔刨了一下。

"还有家可想吗？不因为日本兵把家给拆散了，我恐怕还到不了这里哪！嗳！家？"

这似乎引起小红脸无限伤心样，他要过陈柱手里的烟袋，探入一个不很小的皮囊里，熟悉地扭转几下，又是一锅满满的烟末托出来。他用一只拇指轻轻按按，又递给了陈柱，陈柱也没有推让，咬到自己的嘴里。这时在每个房间里，全是骚动的大笑，猜拳……唱着冲锋歌……

小红脸，第一根划着的火柴灭了。接连划着了第二根。陈柱又归复了沉静，开始吸第二袋烟：

"这烟是从哪里得来的？"

"梁兴同志在什么地方弄来的。——你底水袜子破了呀！"小红脸很关心地说。陈柱没有动他底脚说：

"是的，破了！走起路来很担心！昨夜里一颗石子硌得我好苦，现在还是疼着呢？"

"那怎样办呢？"

"等到集场子再说吧！所有寻到的鞋子，一双我也穿不合适——你应该去吃点饭吧！这里有好些吃的东西呢！足够我们吃些日子。"

剩余的半袋烟他给了小红脸，又单独地走出了二层院子去。小红脸好像遗忘了什么，怀着追悔的意味，看着这个值得

---

① 日本劳工穿的一种鞋子，橡皮底可避水、泥。

亲近的人。

"我忘了,我不是应该问他些什么吗?关于……"

将近早晨七八点钟的时候,才发见队员们抬着伤病的同志,从大门走进来。

铁鹰队长,脸显得消瘦,下巴突出伸长着。李三弟和别的队员,也全是一样显着疲乏,倦怠,勉强支持着自己底眼睛,看看这宽宏院子的每处。

那已经残破了而现在还有多余的烟在升腾的炮台,却使他们感到了一点振奋:

"昨夜就是由这里攻进来的吗?"铁鹰队长,握紧陈柱的手掌——那手掌多毛而宽厚。陈柱点着头,经过这里的被安置在担架床上的伤者,他们刹那间忘了痛苦样,艰难地笑着,张望着那些奇迹!

"昨夜在岗上,我们听得很真切。这炮台被炸时候的火光我们也看过了。那真是很大的动静呢!我们在山冈上,为你们唱过冲锋歌!"

铁鹰队长渐渐又恢复了他那鹰一般的风度。

萧明,杨队长、梁兴……也全跑出来。

"安娜在后面吗?"萧明问着铁鹰队长。

"在后面——"

萧明他不再问到别的。陈柱微笑地看着他。

"安娜怕是要病吧!"铁鹰队长注视着远方——这时所有伤着的队员,已经不经过了。他接着说:

"昨夜她是够受的了,两个同志:一个冯同志因为熬不了痛楚,自己爬到一块岩石碰破了头,一直到天明才过去的。李七嫂呢,在你们下岗不多久就过去了。"铁鹰队长说话时候好似一点没有感动,声音低平,同时眼睛一直看着远方。

"冯同志和七嫂全过去了?就是昨天晚间吗?"

"……"铁鹰队长没有回答梁兴,也没有回答其余的人。

从树林转角地方,有着两具担架床出现了。接着是安娜也出现在后边。

"这就是两位同志的尸首——"铁鹰队长指示给人们。人们底眼酸楚地投射过去;下面安娜和抬担架床的队员,他们的眼睛也是得救了一样,投射上来。

八、为死者祭!

三发枪声响过。一条悲哀的生了刺样的长锁链,贯穿了每颗刚强的心!陈柱开始他底演说:

"同志们——"眼睛向前边恳切地望着,用两只臂分撑住两边桌角,显着过分强制哀痛的艰苦,声音不响亮地接着说:

"我们自从开始和日本帝国主义的军队斗争,一直到现在,同志们死的已经不在少数!……眼前这又是两位同志的尸首!……"人的眼睛全集注到人围当中两具门板上的尸首——很安静地看不出一点凄惨!李七嫂底头发,已经被安娜剪得很短。那一个队员,头颅也还是包裹着,透出来的变得发黑的血渍,也还能看得出。身上全搭着绣花的被子。——人们底眼睛低垂下来,显得很忧伤。天空看不到太阳,只是浓浓地摊满了半天云。陈柱使自己身子挺直一点,一只手抓住了腰间的细皮带。腮边和上唇的胡须,不驯顺地起着纠绞。在眉间那两条成

直交的皱纹,也显得更清明:

"……不要忘记!先前死了的同志,是死在谁的手里?是为了什么死的?现在这两位同志是死在谁的手里?是为什么死的?同志们……一定全知道吧?"停顿,接连又说下去:

"……我们死,是光荣的死在我们敌人的手里了!我们死是为了自己底志愿,为了替人民做革命的先锋,为了自己底责任,为了将来的新世界,为了向压迫、杀戮我们的同志、姊妹、弟兄的敌人复仇……我们的牺牲是必不可免的啊!……"一只拳头重重地投击到桌子上。使每个人的周身全遭了抨击样——声音又放低了:

"同志们全知道,我们当前唯一非扑灭不可的敌人,就是日本帝国主义的军阀、政客、资本家。为日本帝国主义做走狗的满洲军阀、官吏、地主、土豪、劣绅……他们是无耻的东西……他们是企图破坏、阻碍劳苦大众的革命发展;他们企图永久使弱小民族、劳苦工农和士兵阶级,永世千年,子子孙孙,在他们底地狱里生活!为他们做牛马,做奴隶……"

声音震荡着气流,震荡着围墙外面的树林,深深地,深深地向四围山谷里消没……

"……我们有的从农民里来的;有的从军队里来的;更有的是从'绺子'上来的……我们这样辛辛苦苦,忍饥、挨饿,集合到一起,流着血来和我们底敌人斗争,为什么呢?这是得已吗?这是偶然吗?全不是的,这是我们底敌人将我们逼成这样!敌人他们要消灭我们!……要回头想一想吧!你们在军营里,你们底长官全是怎样的啦?他们抽大烟,他们娶小老婆,他们每月还要从你们那几元钱的饷钱里揩油水。他们向士兵们使用军法，自己却做着诸种犯法的事。他们自己做错了事来拿你们枪毙！好证明他们底'军法无私'！他们底亲族可以做官，他们可以使用士兵们底性命、劳力来换他们底荣誉；他们可以将你们底两腿打得皮破肉开，而后再用两个鸡蛋来收买你们底心！他们会说更好听的迷汤话。当他们到前敌的时候，他们向你们打善意，做兄弟称呼。那是怕你给他们枪子吃！平常他们会像猪一样的待着你们，向你们卖弄着威风！你们一千一万个死灭，那是不被谁注意的，你们忍饥受寒，那是没人同情的，因为你们在人民的心里，被憎恶了；在大众的感情里被摒弃了！你们一样也是有血、有肉、有感情的身体，有聪明的脑袋，但是贫穷鞭打着你们，辗轧着你们，逼着你们去当兵，去死在没有代价的枪炮下面，去筑成地主和资产阶级的堡垒，去做资产阶级走狗和军阀们底工具，一无所知地，大量屠杀着自己同一阶级的弟兄！这是怎样可悲的事呀？……过去，受着那些狗东西长官们的压榨已经够受了！而今呢！又增了一层日本兵的压迫……当过兵的弟兄们，你们现在是做了中国人民，为劳苦大众，为全世界弱小民族争自由、争平等的好汉了！这是露脸的啊！我们一定……一定要和欺负、压榨过我们的那些狗东西们斗争到底！同志们……斗争啊……"

当过兵的队员们，高高纷乱地挥击着手臂，嘎叫着，垂挂着鼻水和眼泪！

"司令同志，说呀！——说下去呀！"癫狂地叫喊。站在队前排的小红脸，鼻子困苦地起着抽动。鼓噪起来的气流，轻轻荡动着李七嫂底头发。

萧明、安娜、铁鹰队长……他们底头忧郁地低下着。

"说呀！司令同志，说下去呀！"

陈柱点着头，同时痛苦地笑着两条细小的眼睛——凄惘而安静。

"……同志们！"他先举起两只手，又随着骚音平平地落下去。手心向下，看着这渐渐停止了蠕动的人群：

"……同志们！我是当过兵的啦！吃过军棍，为连长太太抱过孩子……打过前敌。我是东三省土生土长的庄稼人！我做过放猪的孩子，爸爸是扛活的，他底肩膀是很宽的哪！身材高高的，屯子里全叫他做'陈大力'。因为他底力气大，地主们全欢迎他。谁知道他底力气在四十岁的时候就完了。四十一岁他底生命也就同他底残余的气力，同他的高身材、阔肩膀，埋在地下了！他自生到死，就是一个卖苦力生活的老实庄稼人！他没有一天是为自己来种地；也没有一天不是为老婆孩子卖力气——他常常拍着我底脑袋说：'柱子我必定要叫你念两天书！爸爸是瞎了一辈子的眼睛啦！不是吗？也就得一辈子给别人扛活啊！'同志们，他是看到自己东家底儿子、闺女们全念书，念完书就做官，做官就有了钱，有了钱就买地……钱是越来越多；田地也是越来越多……结果有钱有地的子弟，永远是用不到劳一点气力啊！至于没钱没地的呢？仅仅用劳力赚生活的人们，那就一想就知道了。结果是富的更富，穷的更穷了！同志们，你们在年轻的时候，同我这样生活的，一定也还有很多啦！现在我们知道了！这是不公，这是惨无人道……这是不能和解的冤仇……我们祖先受过去那些王八羔子们：皇帝、军阀、官僚、土豪、劣绅……的统治、踩蹦，现在他们又把我们盗卖给日本帝国主义。日本帝国主义又在他们的大炮、刺刀的后面带来了一批批日本帝国主义的军阀、官僚、走狗……照样来统治、蹂躏我们，屠杀我们的弟兄，我们的同志，我们的姊妹——"陈柱底声音断下来，人们仿佛是正在行走的列车，突然遭了停止，感觉上做着一致的颠簸。

陈柱，打拍着自己的胸膛，同别人一样被自己底感情燃烧着。最后他扩大了喉咙，近乎嘶鸣一样，高高地把一只手臂撑向天空去；接着又迅急地抛斩下来：

"……我们就到全死灭的一天，也不能软弱，也不能曲着脑袋，再叫那王八羔子们来统治了！同志们，你们是不是抱了这样决心，才来参加革命的？……我不必征求谁的意见，那是一定的——不过我还要向同志们要求，要求同志们要认清了革命军的纪律！要尊重，严守革命军的纪律！譬如这次铁鹰队长同志，败仗了，唐同志和其余同志们的死伤……这是同志们忘了纪律！没有重视和实行革命军的纪律！譬如：唐同志那样，那是应该枪毙的——这是铁鹰队长同志犯了感情上的错误！——结果是这么多的同志死伤了！从此以后，同志们一定要担保自己，不要再有这相似的事情发生吧！我们自身若没有铁一般的纪律，是不能和我们底敌人斗争的！也万不能克服我们底敌人……结果……结果我们只有全数死灭，全数死灭——现在把这两位同志埋起来吧！我们一定要纪念着，为了错误而死的同志们！我们要唱一首歌——"

在群体的歌声里葬埋了死者。

九、暂时分开吧

苍鹰在天空打着盘旋，地上再没有了一只鸡雏可以引诱它们扑下来。山冈上树林多的地方，色调已经不统一，有的地方变成了整块的湛黄；山榆树，野葡萄叶是殷红的，或者夹着发黑的绿色。

远处田野里，还是不发见有人收割。这已经来到八月末，照例是该收割的时候。成熟了的庄稼，显得没兴致地，和没有成熟的时候一般，依然生长在地里。

佃户们，互相传讲着王三东家家里发生的奇迹。更是那夜由王三东家家里被放回来的农民们，发了疯狂样。在青年农民的心里，开始生长起青草，再也不能安静地工作下去了。拿着镰刀，比拟作步枪，掮在肩上到处里走。嘴里摹拟着那夜学会的一句话：

"抛开枪，把手举起来——"互相地戏弄着。有时候不经意被镰刀割破了手，鲜血流出，也是欢喜地喊：

"伙伴们！挂了彩啦！"

一心一意的也要去干革命军。他们还不知道革命军究竟是怎样，在他们却有一个信念："反正无论干什么也比庄稼人强啊！"

老年的叹着气，没有力量能够把这些不驯顺的野马们再锁在农具上，一年到头地拖呀拖，替地主们耕地，替地主们赚租银。老年人，除开悲伤着自己，不会再有太平日子好过以外，还惋惜他们是快拖了一生，儿子们也快拖了半生，还没有拖到几坰地,和几间自己的房子。只要是草和泥垛成的房子也可以。希望使他们灰心!眼前的庄稼不能收割,槽头耕地的牛马,一头也没了。一头头地没了。连一只小鸡全被过去过路的官兵杀尽。老人们常常要找到一起,讨论着,在冈下王三东家家里,住着的这些人,究竟是干什么的?不像官军,也不像胡子。青年的小伙子,每天向那里跑,一直到夜半才回家。回家还要大笑,高唱难懂的歌。

"我们报官去吧?"老头子孙兴提议着。

"报官干么?官军比胡子又多了什么?如今官军里又添了日本兵,谁报官还不把谁先打一顿吗?才怪呢!"有人反对他。

"若要不,这怎样办哪?我们底庄稼眼巴巴地不能割;青年人一天比一天来得可怕了!简直他们也要叫那些天杀的拐了走,反了天。什么救国啦!打跑日本兵啦!土地收归种地的人种啦!……那些'二扯子'们,每天回家里讲——这不是简直要造反吗?平白的别人的地,就归我们,好,固然谁都乐意,那就怕弄不成功啊!教官家弄了去,就得枪毙——连好人说毙还就毙,何况……还干过……依我看还是报官吧,我们落得做个安善良民。反正我们老百姓谁当皇上给谁纳贡呗,种谁地给谁纳租呗。自己没饭吃,得自己挨饿。什么中国啦,日本啦,现在不是宣统又回了朝吗?真龙天子一出世,天下也许就太平了……"

孙兴接连地发表他底见解。那是在他自己的窝堡里,坐在院心。另外还有几个老年的农民,他们全是有儿子的。这其中,孙老头是有儿子最多的一个。他是坚决主张去报官。王三东家家里放牲口的秃四，就是他底儿子。自从王三东家派出去报官，一直到现在也没有回来。同时也没见到有官军来围剿。

"秃四不是去替王三东家报官去啦吗？好几天了，怎么还没回来？"

"千万你不要说啊！"孙老头子两手摸索地分张着，从坐着的地方站起来——曲着腰背，手掌频频地显着过分颤动地摇摆！

"这可是说不得的啦！这被听见……我们全得……枪毙啊！他们一定还不知道有人去报官咧……也许不知秃四就是我底儿子。也许这些不着调的青年人，会说出来。——二东家、大东家在城里，势力也当有些哪！认识日本翻译，调兵来那是现成的。"

"官军也不见得就能打胜仗。多少次我们看官军打胡子，不全是先给胡子一个信，胡子走了，他们才上来。胡子和兵，那是一个鼻子孔出气呢！官军下来不干了就是胡子，胡子不干了就去当兵。他们除非没办法，再分不挤上他们是不碰的……"有经验的老秦，抖着他底白胡子。

"……现在不是先前啦！"孙老头子为的要贯彻自己报官的主张，他把他底驼背耸了两耸。为的院子里的蚊虫，他极力挥动着蒲草扇。他底胡子还没有完全变白。"……现在改了大同啦！不似先前张大帅的时代啦！宣统回朝是日本人接来的。日本人要保他做皇上，才把倾国人马，全发到我们关东城。就说的是这些胡子不是胡子，官军不像官军的什么革命军啦！什么义勇军啦……会啦……全是反对日本人来东三省的，全是不准许宣统回朝的。那一定，日本兵要和他们开仗啦！原先……

因为中国军队在前边,见着敌人他不打,尽向半天空放枪。打仗的时候……就打仗吧……嘿!还和敌人对面说玩笑呢!并且动不动中国兵就变了!跑到敌人那边去。后来日本兵奸了,他们不教中国兵在前边,他们自己在前面,教中国军队在后面堵后路。现在要去报官,那一定要派很多的日本兵来呢……"

"你打跑了这一拨还有那一拨呢!将来他们知道是我们报的官,你想想,他们能饶了我们吗?还是想个好办法,教那些年轻人远离开他们就完了……"

孙老头子有点茫然。他开始无可奈何地看着院子的围墙——那是长长的熊列一样,蹲踞在四周。墙外响着高粱叶;墙下,窘迫地吟鸣着秋天的蟋蟀。从冈下王家住宅的方面淹没过来一片宽宏的歌声,在歌声里还夹杂着高笑。

老人们全哑迷住。形成几个小黑团团,像院中,在冬天不耐寒的狗,蜷起身子用自己底尾巴温暖着自己底鼻尖那样。

蚊虫们,没有退让地在人们周围打着回旋。

……

火焰烧着天空,残破的月亮还没有显现出来。风虽然是有,这是不被人们注意着。人们能觉察到的,只是大堆升腾的篝火。等待歌声起来的时候,篝火便被遗忘掉;到歌声高沸到不可遏止的时候,歌声也被遗忘了。贯穿每颗心,充满每只眼睛,充满每人的咽喉……只是一种火流,一种泪,一种震荡的吼叫!

萧明和安娜每人站在一条桌面上,身体一致的摆动,随着节拍击着手掌。队员们也击着手掌。篝火在院心,在人群的中间。伤者也架起拐杖,坐在椅子上。头上、臂上、腿上的绷带显露着。痛苦被忘掉了。被轰鸣的欢声带走了。他们一样是抛开了拐杖。

按次序第一句是萧明和安娜唱。萧明唱低音,安娜唱高音。接着是队员们唱。铁鹰队长的声音是不够的,明显他是感到了一种焦急。陈柱底眼睛在脸上小到简直要不存在了。

"同志们,再来一次——"萧明高亮着喉咙。后面是龙爪岗的青年农民,他们也喊着:

"再来一次,同志。"他们忘掉他们还是龙爪岗的农民,俨然是一个革命军的队员。除开臂上还没有一条正式的黄星的红臂章,和一支步枪以外,简直他们是什么也不缺少。他们觉到自己万般全熟悉了。一种不可抑制的引诱抓紧每颗青年的心,开始为这活跃的、新鲜的、热情的人群所吸引,所迷恋。简直一刻也不能忘怀,一刻也不能忘掉了谈论;忘掉了:"好,明天一定加到里面去,跟着他们走走吧,看看天底下还有多么大吧!前面尽是什么埋藏着啊!"就是这样的念头。青年人商量着、计议着……老年们的阻拦早就不放在眼睛里了。在那人群里,他们知道了好多的事。也知道了王三东家为什么应该挨枪毙。

"那是臭虫一样的东西啊!吸着你们底血!"

那些领袖,那些队员,什么全解释给他们听。虽然有时候也使他们不相信,也有时激起他们不明了的质问,可是那些人们,并不骂他们是浑蛋!

孙老头底二儿子,高高站在人圈的后面。想着他底爹——那个老头子——真是被臭虫们咬嚼一辈子了。他们也开始被臭虫们咬嚼了二十年。现在臭虫死了一个他还要为它们悼惜,并且秃四还到城里去替王三东家报官,搬日本兵来打革命军……想到这里,有些不坦然。他想:如果真的日本兵搬了来,他们有大炮,有飞机,革命军一定要吃亏的啦!他扯了身边哥哥的袖子一下,一同悄悄地走出了院子。

后面的人群没有觉察,没有缺少……歌声一样还是一次又一次地升腾起来,一次一次低沉下去。篝火增加了些新的烟苗。萧明和安娜也还是一致地摆动着身子,手击打着拍子。

孙二将孙大领到一块石头上坐下,孙大开始问着弟弟:

"你叫出我来干么?那里唱歌唱得怪好的!"

"干么!你只顾听唱歌,你知道吧!老四不是教王三东家,打发去搬日本兵吗?"

"我知道,为什么到现在还没有信?不是在半路上教日本兵给杀啦吧?"孙大显出怀疑和不安。

"杀不杀,先不管——要真的把日本兵搬来,怎办呢?"孙二用衣襟揩着脸。从人群带出来脸上的汗渍,被拭净。同时为了晚风的吹拂,才使人感觉到这已是快八月末的天气了。

"那能有什么办法呢?革命军不是到处全打胜仗吗!日本兵一定也不被他们看作一回事啦?"

"不,你这人真是……"孙二在星光下看着他哥哥那副呆板的脸——忠厚得近乎可怜,愚蠢而没有变动。筋肉好像冻凝的蜡油。

"……你这人,总是这样没紧慢!什么事也不知道着急。平常你还总生气有什么事不和你商量,尽和老三商量,把你外看,现在可是来和你商量事了,你又是这样!……"孙二一半是叹息和焦急,一半是愤恨着他底哥哥。

"那么……还是你想方法吧！我听着你的。"

孙大表示自己是个一无成见的人，凄然地向自己底兄弟笑了一笑。

"你觉到革命军怎样呢？"孙二像故意做一个煽动家，像投击一颗皮球一样，静待孙大的回应。

"反正是很好吧？——我不知道！"

"你觉得这些人好呢？还是像'王三曹操'那样人好呢？"

"我觉得吗？……你说呢？"

"我问的是你呀！"孙二底声音强调一些了。

这回孙大要思索了。他思索什么呢？别人是不知道的。他底弟弟等待他，他徐缓地摇了摇自己底头才说道：

"依我觉得吗？———我觉得还是王三东家那样人好！"

"为什么呢？"

"不知道——"

"你愿意和这些人好呢？还是愿意和王三东家那样人好呢？"

"当然啰！我是乐意和这样人在一起啰！也不用讲规矩礼法——王三东家那样的人家，尽交结有财有势的，咱们几百辈子能配得上呢？"孙大他叹息，叹息自己是个穷人，自己底老子也是个穷人，穷人总是配不上富人的。

"你没听那位司令说吗？'富人就是穷人身上的臭虫'，只有穷人，才是穷人的好朋友！穷人才能帮助穷人！富人们总也没有好念头在穷人身上打算的。在过去'王三曹操'不就是那样吗？用着咱们的时候，他底眼睛快笑得没有了，嘴也甜了，像抹了蜜一样。等到没有事该他收地租的时候，那就显原形了,少一个铜子儿也是不成!我们穷人,总是心肠软,不会记仇!吃过他几回亏,到有事的时候,还忠心耿耿地去给人家效劳。譬如这回事吧……"

孙二说到这里,静听了一刻——院里面已经不再唱歌了,似乎有人在讲话。一刻人群哄笑起来,一刻又是不规则的喊叫。说话人的声音一抑一扬,那是很有顿挫的。孙大也似被牵引了,他被这院中发出的声音牵引了。他挺直了坐着的身子说:

"你听啊!这又是那个女的演说了。他们全说她是高丽人,我不信,高丽人能说那样的中国话?高丽人不全是穿白衣裳、戴纱帽子吗?她怎么不那样?"

孙大对于这个是高丽姑娘而没有穿白衣、戴纱帽的谜却感到了更深的趣味。虽然他弟弟说给他"富人是穷人身上的臭虫"也只有无抵抗地承认下来,但他并不想到应该怎样把这吸血的小东西处置了。他还是继续问着孙二:

"你一定知道她是不是高丽?你不是和她说过多回话吗?"

孙大捧着半脸可怜的喜悦,向弟弟望过去。

"高丽不高丽?穿白衣裳不穿白衣裳,戴纱帽……这有什么屁关系?尽扯淡……人家懂得革命就成吧!人家才是十八岁的姑娘,什么全懂得,所有的队员没有一个不说她好。会治枪伤,治病,帮着司令下命令!平常每到一个地方,只要一安定下来,她就给队员们讲革命的道理。教给不识字的队员们认识字,唱歌……人家高丽倒亡了国呢,还有这样女英雄,咱们底地方如今不也教日本人给占了吗?我们马上就要和高丽人一样了。高丽先亡的，还是我们底老大哥呢！她说：我们现在若不起来革命，将来比高丽人还要惨呢！日本人抓住不服从的高丽人，就脑袋冲下活埋！将来你也等着活埋吗？……啊？……"

"割命！割命是干什么啊？"他底弟弟每次提到什么"割命"，他从没想有一次求他给解释过。现在他听到那个高丽姑娘也"割命"，他想这"割命"一定是件什么奥妙的勾当。

孙二狡猾地闭起一只眼睛，瞧着这个颠顶的哥哥，他真有点愤慨，同时又有点可笑！

"革命？革命就是把从祖先就欺负我们的那些臭虫们，全杀了；把现在东三省的日本兵全赶跑了，剩下田地我们自己种。我们不再纳粮、纳租，养活那些白吃白喝的臭虫，懂了吗？比方没革命以前，富人们有三个五个十个八个老婆，你现在三十多岁了，还没有娶起一个老婆呢；革命以后，一个钱不花，你就可以有个老婆！自己有地，不再给别人种了。懂了吗？这就是革命！这就是那个高丽姑娘说的。他们同志们全是这样讲给我听的。"

"这是那个高丽姑娘说的？真的？她就这样……老婆，老婆的向你说？她一点也不害臊？真的？"

孙大过度的惊奇和兴奋，自己底下巴全感到冒火。孙二又补充了一句道：

"你不信可以自己去试试看哪！那位高丽姑娘，谁去她全答理。她一点也不像王'王三曹操家'里那些女人们！队员们全尊敬她。说她坏话的一个也没有——我在这里等着你，你去试试看，看她尽和你说些什么。回来我再和你商量别的事。去吧——"孙二鼓励着哥哥。

"不，我不——"

"你不？那我们来商量正经事吧！——我还要问你，你到底喜欢革命不喜欢哪？"

"我吗？'割命'若是真这样，真像那个高丽姑娘说的一模一样，我就喜欢！"

"那么，你革命不想革命啊？"孙二就如一头猎犬追踪一只兔子那样，不放松地追迫着他底哥哥。他使自己底身子靠近了一些，声音也放得亲切、低沉。

"我？……咱爹一定不让的啦！他那大把年纪，他能舍得教我们去打仗吗？"

"舍不得教我们去打仗，就舍得叫臭虫吃我们一辈子血吗？——我要干，谁也不商量，拔腿就走。这年头还等着太平日子来？你不去打仗，将来日本兵说不定哪一天碰到你，也杀了你。若不然你就给臭虫吃一辈子血！"

"我吗？……哼！"孙大不相信地站起来接着说，"我们该回家——他们里面还没完呢？还是那个高丽姑娘在说？"

他侧过耳朵倾听着。——夜是静的，声音可以送得很遥远。篝火的光还没有减弱。这次的声音却不是那个高丽姑娘唱歌一般的喉咙了——粗大而阴沉。

"你先不要忙，我和你商量，如果老四报官回来怎么办呢？我想……他今天一定回来……你不信吗？——他回来怎么办？"

"怎么办？这我知道怎么办？"

门前守卫的队员，阴沉地走着。走过来，又走过去，步枪上的刺刀，偶然地会摆动出一缕缕闪光，借着门内的篝火。

"他如果回来，我决定要把他领来……见革命军的司令——"

"啥？——你发疯癫了吗？你怎么要把自己底亲兄弟送去枪毙呀？"孙大惊讶地抖着自己底手。斜对面那个守卫的队员，也停止了他的走动，面向这边挺立着身子，步枪固定在肩上。

"司令不会枪毙他。司令会知道那不是他底主意。"

"不能枪毙，这也不能教他见那个司令啊！他们杀人还算回事吗？那天'王三曹操'，不就是那个司令吩咐去枪毙的吗？'王三曹操'和他底老婆还那样的哀求，他连一点怜惜也没有，就命令拉出去给枪毙了！你想咱老四去报官……"孙二打了他哥哥一拳，把声音给打断了。对面那个队员也开始向他们这边走过来，步枪变换了位置，不水平地横在手里。

他们全被哑迷住。

……

怀着兴奋的青年的农民们，打着伙儿，打着连环走去了。队员们也开始怀着习惯兴奋后的倦怠，到自己安眠的地方准备去睡。临睡在炕上之先，年轻的喜欢谈论的队员，譬如梁兴或是李三弟……总是抓住一个题目，争执着。一直到问题像一团乱线，得不到端绪而裂成碎段为止。每夜习惯是这样的。

小红脸，还留在庙外面一条凳子上，小烟袋照例咬在嘴里。他空漠地，和张德先谈着故旧……崔长胜，刘大个子，和沿路上死掉的两个伙伴……很安详地谈着他们。他们也谈到萧明。不过那是使他们感到有点疏远了。小红脸磕净了残烬了的烟灰，这次却不再装满它，只是用烟袋锅，轻轻叩打着板凳腿,很轻妙地发出哒哒的声音。

"老张,我们一共跑出了九个人,现在剩几个了?这才……几天工夫,老崔、大个子也死了。嗳!"

"这讲不了啊!谁让我们跑上这条线了呢?这年头,反正哪里也不能得好死!"张德先用着他那打过围的眼睛,瞄视着远方——残破得不像样子的八月下旬的月亮,已经快被远方的山头接待下去。墙外不能分清一带树群的杪梢,轻轻地招展着凉意!——他一向是轻蔑着死亡。这许是因为一些夏天的野鸭;冬天的野鸡和狍鹿……在他不落空的围枪下,死得太多的缘故……他对于人的死亡,也一样漠然!他以为一个人的死亡也只是相同一头不运气的兽,遇到了幸运的猎者的围枪一样平凡。

"梁兴那孩子,近来变得发狂了!也学着会造谣言了!"小红脸一半是叹息,一半是近乎哀伤。

"你说,他是为萧同志和安娜造谣言吗?那是瞎扯淡!司令知道一定要劝告他,这全不用担心!青年小伙子,总是要夸大点——萧同志呢?"

"在那里——"张德先顺着小红脸手指的方向看过去——在阶石上面一间耳房的窗上,还是显现着灯火和人影。不过,人说话的声音却是听不到的。

"他们又在会议吗?"

"不是——正在审问两个人!"小红脸尽可能地附在张德先的耳底说。

"审问两个人?谁?——这是秘密的吗?"

"这是值门卫的吴同志……得的。全队部只有我知道,嗯！秘密的。"

"知道是谁吗？"张德先也放低了声音，他们担心屋子里有未睡着的人，会出来看热闹……屋里已经被没有节奏的鼾声、呓语声、不规则的咂嘴声所充塞。

"就是每天晚……来听演说，学唱歌的那姓孙的两个弟兄。"

"他们？他们是奸细吗？他们，不是也要加入我们一伙去革命吗？就是那个很精明的年轻庄稼人？"

小红脸没有回答，只是点了一下头。

"我们去听听好吧？"张德先提议。

"去听听？……没有妨碍吗？没有妨碍就去听听——"

小红脸把烟袋装在了口袋里，掖好了，随在张德先的后面。

由垂着窗帘的缝际，可以看到里面的全部。屋子的顶棚和四壁完全是洁白的。各样奇怪的摆设，全为他们所不熟悉。

司令坐在一张桌子边。桌子上燃着一盏大的煤油灯，火焰轻微打着颤动，桌子对面就是那两个农民，他们并排地坐在一条板凳上。沿着两边的是安娜，各部队长，萧明正是斜对着坐在安娜的对面一个角落里。

"……你们真心愿意，加入革命军了？"陈柱每一个字眼全说得很清楚，很有力！

"真心愿意——"对方似乎成了催眠受术者，意志上蒙了桎梏。

"好——这是应该的！"陈柱站起不甚高大的身材，眼睛喜悦地笑着。在地中间走了两转，又回复到原位，没有立刻就坐下，一只手握住了腰间的细皮带，另一只手勾曲了一只手指，敲打着桌沿，忘形地把嘴唇勾起来，样子好似要打口笛。他并没有那样做——周转地看了所有屋中人们一周，全是静默的，有的已经感到了疲倦——窗外的小红脸、张德先，也如被看到了一样，他们忘掉他们是在窗外，不会被看到的——陈柱思索着看了一刻那轻微跳动的灯焰，又坐下，拉开了眉毛说：

"孙同志……这件任务现在要你们去干。就是明天以内，要把你们底四弟寻到，我们对他完全没有责罚的。我们知道他是受了王三那狗东西的指使！不过他去报官，这对于他是很危险的！他们会诬指他是我们底'奸细'！去诓他们来入圈套。……要先打他个半死。王三家里有势力，在那里也不会成功。了当的说，除非万不得已，他们是不乐意和我们打仗。和我们打仗，于他们是不利的多。日本兵也是一样。他们在这有山有树的地方，战术啦！飞机啦！不会有多大用！知道吗？到处全是有我们的部队，到处我们是被贫苦的弟兄们同情的。不同情我们的，就是王三地主这类浑蛋！他们是贫苦弟兄们的敌人，吸人血的臭虫，我们到处应该附带把这些东西们铲除了，简直就得消灭！将来的土地就是我们大家有，公平分配——啊！你们必得把你们底四弟寻到，完成这任务！二位孙同志！"

小红脸同张德先，忘了他们这是偷听秘密的讯问，一直到那两个农民送出来，他们才明白这时应该躲避开。

……

沿了狭长的路，两面尽是庄稼颤动。孙氏弟兄熟悉地向回走。沿路愉快地讲着，任意批评他们所见到的。最使孙大感到兴味的谈话，还是安娜！隔不过几句话，他总要把话拖到安娜底身上来：

"……你说……老二，就凭那样大姑娘……整天，整夜，和男人们在一起混……你说……还会贞洁吗？我看，他妈的，至少她和靠墙坐着那个小伙——就是同她一齐唱歌那家伙——多少总得有点勾头！……"

孙大满怀着不信任，走在孙二的前边，很腼腆地笑着说；说了又笑……孙二暂时先不反驳哥哥这样可笑的话。他知道哥哥想老婆已经着了魔；除开老婆以外他不会更想别的，也不会想到，为什么他偏娶不起一个老婆，就是怎样丑陋的全可以。他探试着说：

"……那个高丽姑娘你看好了吗？怎样，明天我们托媒人，把她给你做老婆，好不好？"

孙大知道弟弟是怀着不诚意打趣他；他并不着恼，心里是笑着的，虽然他暂时是沉默着，这样可以表示他是不满意弟弟这种恶意的打趣。

"……可是你若是不参加革命军，这我可不管——我不管你干不干，明天我是非干不可。保不准那个高丽姑娘……看我干的工作好，还许跟我好起来呢……"

"你吗？凭你吗？——"孙大这次显着很大的不服气。他在前面特意地把身子晃了两晃，顺手扯下一片高粱叶，又急躁地摔开去：

"……就凭你？……人家那里比你能干的多着咧！看那些队长们，那个大家伙叫他'铁鹰'的，样子多么英雄！那个姓萧的，正好和那个高丽姑娘是一对……你吗？你加到革命军里，不也是小兵吗？那样姑娘，能看中你一个小兵？……"

"我不和你扯这些，到底明天你干不干？"

"干么？"

"革命去，当革命军去打日本兵——"

"我不去——"

"你真不去？"

"真不去——"孙大又接了说：

"可不是真不去吗！他给我一个老婆，我就干，就是死了也不埋怨！"

孙二开始计划该怎样办呢？他底哥哥，眼见是要做了障碍！回到家里，他一定要把这事情泄露给他们底老子。结果他四弟回来，一定要被放跑。司令给他们的任务要达不成。

"对了！我也不干去了！咱们还是当正经的庄稼人吧！等年头好了，我们多租几垧地，赚了钱，我们一人娶个老婆，你看多么好！咱爹又是那样大的年纪——"

"老二，你说话可得算！凭咱们革什么命？打什么日本兵？先躲躲吧！等日本兵来了，把这些东西们全打跑了，我们再出来，好不好？咱还算安善良民！"

"对！可是你到家，千万不要对爹说咱们今晚上的事情！"

"是啊！我不说——"

"我不信你，你应该发个誓！"

"还发誓？——好吧！我要说，我就死在你手里！"

"死在我手里吗？"

"就算这样说吧，亲兄弟，万万没有杀亲哥哥的。"

"就算这样吧！"

孙二沉默下来，他看着哥哥底背影，看着，研究着，这个人的全身——脊背很宽，走路的腿脚，常常踢到路上的土块或草根。他想不出方法能使他和他一同去革命，革命对于这样人，一个可怜的"老婆迷"不会发生影响。

听到自己家里黑狗在叫了。他们吆喝着，使狗好听出是它主人们底声音。

屋子里有灯光。狗在他们身周围旋跳，用舌头舐主人底手。孙二今天还是照常的挽着它底脖子拖着它，敲打它的鼻子……他知道明天他将不再看到这条可爱的狗了！它生得很雄壮，全身黑色，只在头上有一条缝际一般的白纹毛。

"这时候还点着灯吗？"

他想，这许是秃四回来了？他推开顽皮的狗。屋里面已经听出是秃四和老三底说话：

"你们，怎这时候才回来呀？"

"秃四回来了吗？"

屋子里正烧饭，孙老头躺在炕上的一边，显着很衰弱的呼吸。太阳穴近乎更塌陷，老人显出更年老。麻油灯的光焰还如平日一样：幽暗，羞涩，不时还起着跳动……

老三忙着烧饭，秃四的脸孔肿着，有时还能发见几条划破的伤痕。第一个注意到这个便是孙二。他靠近秃四，摸着他底脸说：

"这是怎么啦？"

"这是日本兵给打的——"秃四对于自己似乎一点也没有怜惜。他完全不经意，接了说：

"……他妈的,日本兵才不讲理哩!差一点我没叫他们枪毙!好家伙,他们不愿意出来打仗……"

"他们全问过你什么话?"

"他们问我很多,很多,是一个翻译问的。日本官们坐在上面,他们非叫我跪下说,我不跪,他们就用皮鞋脚踹我底腿!……看这腿……"

秃四尽力地将他底裤管捋到腿根,在那赤露着的大腿上,有一块一块的黑色伤痕!

"这全是用脚踹的吗?"孙二抚摸那每块黑痕悲愤地说。

"不是,有的是枪把子戳的……还有咧……"

秃四尽是指点自己这次由城里回来,身上脸上所获得的伤痕给哥哥们看。炕上躺着的孙老头,他爬起来,挥摆着自己底手,麻油灯也随着颤动,儿子们全等待他要说什么话,但是,他又躺下去,垂闭了眼睛,忧郁地呼吸着。

屋子里变得不活动,屋外烧饭的老三,也挨过来,要听听他底哥哥们,有什么意见发表。

"他们尽审问你什么来?那些王八崽子,驴一样,他们就知道欺负人!"孙大为了四弟的挨打,他平时好忍耐的性格,这时也变得粗暴一点。孙二只是不说话想着,看着秃四那张臃肿的脸!他想:"王三曹操"这狗日的……临死,临死……临死还叫别人去为他挨揍!

"他们快发兵来啦!横竖三两天就到啦!他们要带着我一齐来打仗,他们怕我是革命军的暗探,骗他们。他们说打不着革命军,就枪毙我!叫我给他们做向导。后来还是二东家,托人保出我来……"

秃四依然还是个孩子，吃着饭，他还是无疲倦地讲着。痛苦深深擒住了孙老头。他没有言语，静听着儿子们底意见。不过他从没想儿子会挨了打回来。起始他还说这是替东家尽了忠，到太平的时候，二东家定不会忘了他们底忠心。现在他也还是梦想着太平的岁月，不过眼前却越来越不太平！地主人被革命军杀了，炮台烧了，青年的小伙子们全被革命军给活迷住。自己底儿子就不可靠！老年人的运命，眼见就要被抛到泥沟里去，日本兵把秃儿子又给打伤！

"爹！你起来，我们要商量点事！"孙二摇动老头的肩膀。老头失了爸爸应该有的控制力量，颤着声音说：

"有事你们商量吧！我在这里听着就是了！只要你们不扔开我……不要忘了你妈的坟是埋在这里……就完了！"

孙老头没有希望地诉说着。诉说到最终他底声音被痰填塞住，眼泪却没被填塞住。他始终还是躺在原地方。

"爹！你不要这样！现在到了我们翻身的年头，我们还错过了它吗？你看四弟不就是个样子吗？日本鬼子来了，他还容我们分说吗？我们又全这样年纪轻轻的！他们打不好革命军，还不把我们捉去砍脑袋吗？早先那些'剿匪军'，不全是这样干吗？打不着胡子，拿好人顶杠，好回去报功！三窝堡底李麻子和他底兄弟，不全是这样死的吗？日本子按说是更凶，我们又不懂话，又没钱买通翻译，还不光等着教日本兵割脑袋，让他们到城里去显威风吗？——反正我们算不能像一个小鸡崽一样，随便就等着谁给弄死——"

"你们全走吗？一个不留？一个……不……不……留？……"

"走,我们就全走,一个不留!"孙二底主张,使孙老头坐起来!他底眼睛睁大着说:

"你们年轻,人家要你们。我这样大年纪的老头子,去干么?跑全跑不动,还用说放枪?去吧!你们全去吧!我是死了也不离开家。让你们年轻人去反叛吧!盼望你们早去早回来,等我死了的时候……只要你们有人将我底骨头……埋在你妈底坟边……就足啦……不要教狗……教……狗……给啃得东一块……西一块……"老人抑制不住了自己底悲伤,眼见儿子们就如被什么怪物攫去了一样。儿子们被这悲伤传染着,同时也被这悲伤催迫着。

"老二、老三你们去吧!我不去,我看不中那'割命军',我要陪伴着爹!等爹死了,我再找你们去!"

孙大固执地流着泪。

"你也去吧!你们一个不要留。省得日本兵来杀了你们!秃四也去——日本兵他们也不能要我这条老命;要,我就给他们,反正我也活够数儿了!"

窗外遥遥响着稀疏的鸡声;"大黑"很安静地吠着。窗纸慢慢布上了灰白,反映得麻油灯的光亮,更是不充足。

简单的每人寻到了自己仅有的鞋、袜,和一件过去冬天的破棉袄!孙二将他底棉袄翻看两下,最终他抛开它,那是太破了!

"大哥,全仗你在家里,侍候爹吧!"

一排地跪下去,每人给老人叩了三个头!又给孙大叩了头。老人底手无感觉地伸张着!

院子里的"大黑",还和平日一样,当主人们出门或是归来，总是穿跳地跑在身边。孙二拍着它底鼻子，吆喝着，一直到半里路，孙二才威吓般用土块赶它回来。但它还是依恋地停止在那里，舌头拖到嘴外，惘然地立着不动。一直到孙二他们的影子被高粱地遮断，它才嗅寻着自己底尿迹，跑了回来。

十、厚嘴唇说话了

一片一片落叶，什么红的、黄的、半绿、带点凄黑颜色的……样样全有，被夜间的露水镇压在地上。树枝凝止不动。包围在院墙四周的高粱，豆子……也是不动。院心残存着篝火的灰烬，没烧完的木柴，一切和每日一样。那张桌子上面，萧明和安娜的脚印，泥土还是很新，可以清楚地分辨出，哪几颗是萧明的，哪几颗是安娜的。

陈柱深深呼吸着，使自己底头仰起来，又俯下去。用两臂收缩或是扩大着胸膛。走在房门前的石阶上，厚嘴唇不停止的颤动，这又是他在思索。

夜间他没有睡，他决定队伍应该离开这里，到东安去集合。中途还要经过集场子。不过还没有决定，应该把谁暂留在这里，等待几个枪伤还没有完全好和还不能照常放枪和走路的同志们一切恢复了以后，再去到东安集合。

他迫切地感到应该到东安去，队员们需要训练和组织，需要足额的枪支，充足的子弹……到东安是可以更扩大了革命军的组织，可以更进一步使农民了解而联合起来。接近敌军，使其分化……

他知道敌军不久就会到来，守候在这里，任务是严重而又艰难！除开萧明以外，铁鹰队长只是适于攻击的。其余的队长，也全是不适宜。不过他证实了，萧明是爱上了安娜。

他把安娜也留在这里，还是带走呢？最后他决定了还是带走安娜！

在孙家弟兄到来的时候，他从秃四的口中又知道了关于日本兵的一切。更加重了决心，决定非离开龙爪岗不可。在当晚，他集合了各队长，在他底办公室里，会议是严肃地进行：

"……明天早晨五点钟一切全准备好，五点半钟开始出发……"全屋子哑迷住，谁也想不出应该提出什么意见来说。安娜底脸色较每日微微有点不同，眼睛近乎痴呆。萧明也是一样，看来他比安娜更不能镇定。

"萧同志，和另外二十位同志暂时留在这里，待几个伤患同志，能够自由走路，再一同到东安去集合——完了。一切行军计划，明天待出发的时候，再发表。今晚的勤务——山上的卡子、门卫，全归留下的同志们担任，把明天要行军的同志们换回来——萧同志和安娜同志，先不要走，我还有事情。其余同志请回去发表命令，休息——早晨五点钟一切全要准备好，五点半钟出发——"

陈柱站在桌子边，目送着每个队长走出门去。在门外他听到有人在耸笑！

"萧同志，"陈柱用手指搔着他底秃了发的头顶，开始在地上缓慢地踱着。并不抬起眼睛来看一看萧明或安娜。他接着说：

"……在这里你要当心，敌人时时刻刻有来袭击我们的机会！当心你是负着保护不能放枪、不能走路的同志！他们底生命是寄托在你底任务上。二十位完全能作战的同志留给你，你觉得怎样呢？人数不觉得太少吗？我们也只能留下二十位同志！多了不必要。我们要到集场子也许寻到两辆车，来接迎伤病的同志们……但这是不能指望的。必要的时候还应该自己挣扎着走——"

陈柱在屋子里又空空地走了两转，最后他底厚嘴唇又说话了：

"我知道安娜你们相爱着了！这是没什么关系！不过……目前我们底任务……比恋爱还更要紧些！我们随时可以碰到死亡，随时可以碰到歼灭……胜利要我们用血去换！日本兵，日本统治下的走狗，没有一时一刻不担心着我们；也无时无刻不企图消灭我们。敌人队伍中的弟兄们，也无时无刻不盼望着我们胜利！不过我敢保证，只要我们固执着自己底信仰，不怕死一样努力抗战……不间断的斗争……胜利必然是我们的。萧同志，不要为恋爱动摇了信仰，软弱了意志……这是革命战士们的耻辱……我并不是不承认安娜同志你们底恋爱！至少在目前……恋爱是革命的损害——"

陈柱固执地立在桌边，他望着安娜，同时又控制着自己望着萧明说：

"暂时，分开吧！——注意，萧同志，不要忘了那几个伤患同志的生命……你要担保完成任务——你必须要使他们安全地到了东安！"

"我不否认，我爱了萧同志！但是我反对恋爱阻害了我们底任务！我不是仅为了恋爱才来革命的！这里不是安全讲恋爱的地方！司令同志，你不要把这件事看得这样严重。这和我们枪毙一个敌人一样简单！一样简单……从今天起，我宣布枪毙了我底恋爱——"

安娜，高高抬起她底眉毛，面颊燃烧着，虽然她是近乎激愤，但依然还是可爱的。萧明好像完全喑哑了。他绝望地看着安娜！他使自己底手指纠绞着，眼睛绝了光！

窗外可以听到每个屋子里说话、笑声，和夜风吹动树叶的动静。

安娜，她并不向陈柱告别，斩然地立起来，拉开门走了。萧明一直眼送着那矫捷的背影消逝到门外，鞋底敲地的声音再听不到了，他还是绝望地坐在原地方。

"萧同志！我是这样决定了。——你也回去预备你底任务以内的事情。注意：不要忽略了山头上的哨兵！"

萧明机械地同陈柱握了手算为临别的礼节，脸色惨白地走去。陈柱轻轻地点着头，巧妙地笑闭着一只眼睛，目送着这两个不同的人物，用不同的步法走出去。同时在地上走了两旋，叹息地，才颓然地坐入一张椅子里。一只手抵住额头，思索了一刻，开始做他底计划和命令。

……

萧明像被世界抛弃了那样孤独、悲伤，一千遍地在院子里走着；一千遍掏出手枪，试验着将枪口抵紧太阳穴。这样，只要把一只手指，插入护手圈里轻轻那样一拨动，便什么全完结了。……他没有那样做。也一千遍想要走进安娜屋子里，痛快地流一阵诉说的眼泪……他也没有这样做。虽然他看着安娜屋子里，灯光还没有熄灭，并且还可以时时听到安娜在屋子里走动的脚步声，也知道安娜现在一定会变得不成样子，应该像一头失掉妈妈的羊仔！在那里，一定不会再看到平日工作中那样英勇和强捷的安娜！

最终，他还是选择在一个幽暗的墙角，坐下身子去——这里可以看到安娜的窗口，也可以听到近旁一间屋里睡眠人的鼾声。

二层院外值岗的队员，很安定地来回散步的动静，更显得清楚。

无端绪的一些意念，像无数不规则的长蛇，穿走他底每个心孔。疼痛，难堪，不安宁……他想起近日来梁兴对他的轻薄和侮蔑，小红脸，李三弟……几个一同逃亡出来的伙伴，对他全生疏地隔离着。更不堪是青年队员们专为安娜和他造出许多谣言，在同志们中间被当作奇迹一般地谈讲。

"我们底萧同志，真行啊！"

"什么……女同志！也一样爱小白脸！他妈的，俺们这样大老黑，革他娘的一辈子命，把自己革死了！也不会有人爱……"

"还是当兵的好，开到那里驻防，窑子可以随便逛。侍候不好，就是一顿蛮皮带！什么他妈的叫恋爱？反正一个男子就应该有个女人，一个女人就应该有个男人……什么他妈叫恋爱？"

"你说话应该文明点，现在咱不是革命军了吗？当革命军的，万不能再和当兵时候一样野蛮的啦！"

"当革命军，就应该像个革命军样！那，萧同志怎么能……和高丽小姑娘吊膀子啊？这样还算革命军吗？简直他妈叫吊膀子军吧！"

"司令那家伙，尽装聋瞎……"

"……"

"……"

这样说话，常常是使萧明尽可能听到的时候，他们才说。可是他们对安娜在表面上，也还是那样敬爱着。

只有铁鹰队长，从没打趣过萧明。他始终是一个铁一般严肃的人，有的时候他见到萧明，总是亲切地握紧他底手说：

"萧同志，近来部队里，对于你和安娜同志……谣言很不好！没有经过相当训练的队员们，他们有的性格还是很坏！他们过去受了不好环境的教养，应该原谅他们。同时你也应该努力克制点自己底感情！不要使自己和团体的任务受了损害！我这不是劝告你，只希望你不要忽略了过去不久，同志唐老疙疸底故事那就好了……不是吗？李七嫂就埋在墙外面……"

"是的！铁同志！除开我们是同志以外，我还敬重你，当一个亲哥哥那样敬重你！我应该克服我自己！"

他曾说过一千遍"克服我自己"的话：自己发过一千遍暗暗的誓言。他几乎做了一个革命队员绝对不应该做的过错：祷告上帝与企图自杀……

"安娜！"他低低地唤着她底名字。他看着安娜底窗口，灯光依然是没有熄灭。二层院外守卫队员来复踱着的脚步声，还是无改变的安静。夜凉使他周身起着痉挛！

"安娜同志——"他去挨近窗边用两只手指轻轻弹动着窗棂。里面没有回应，这几乎使他失掉了再弹动窗棂的第二次勇气。胸膛空旷着，深深地屏着气息！一直到听到里面有咳嗽的声音，他才又问第二声。如果这次再得不到安娜底回应，他放下了决心,马上就走开。

"安娜——睡下吗?"

"没——萧同志吗?"

"是我——"

"怎样,需要进来吗?"里面的声音,一点也没有温情!声音发出来的位置,决定在同一方向——人大概是仰卧在炕上。

萧明犯了踌躇。他应该怎样呢,进去吗?有什么必要呢?明天同志们的谣言更是加多了。不然的时候……只要明天一到五点半,便什么全完了!分别以后,他们还会很平安的见到吗?这不是有把握的事呢!死亡什么时候全会寻到人!

"是的,我想要进去,同你讲几句话——不太晚吗?明天早晨你是要出发的!"

"那么……请进来吧——"意料外地,安娜竟这样爽快地允许了,使萧明反感到一点惊愕。

所有的门扇,全没有加闩。

萧明谨慎地推开每扇门,同时又掩好,一直到了安娜睡眠的屋子。他发现安娜端然地平卧在炕上,头向炕内,两只手交叠地垫在脑后,两只脚平平伸展到炕沿。身边一张炕桌上,放着灯,和一支手枪。其余的东西,早已整理得妥帖,秩序地列在地上。一股股碘酒气味很浓重地接迎着人。

安娜并没移动她底位置,只是用手简单地指给萧明坐的地方,而后又将手交叠在脑后,凝然地投视着灯光。

"全准备好了?"萧明用眼睛机械地,看着地上那些捆好了的裹伤用的药物材料之类问着。

"没什么准备的,也和往常出发一样。"

"文件呢?"

"在司令那里还有一部分,那归他自己负责拿着——我这里多是没必要的,仅是一些宣传用过的底稿,和给同志们演讲的底稿。"

相互间,谁全知道这些话是不必要。除开这些不必要的话以外,他们是沉默在可怕的、难堪的注视里面。在萧明不久的记忆里,当安娜在陈柱屋子宣布枪毙了自己恋爱的印象,开始感到了无限的酸心!望着安娜,痛苦地望着——安娜还是那样无感动,注视着灯光。院外守卫者底脚步声,依然还可以很整然地听得到。

"萧同志,你是来谈情话呢?还是仅为了来看一看你要暂时分别的同志?无论怎样全好,我们不用拘束。"

"我要问你!安娜!你把我们底'爱'真枪毙了吗?安娜!我不知道,恋爱竟会这样伤害着我们底意志!你怎样解释的呢?我看过描写革命和恋爱挣扎的小说,恋爱全是被革命胜过了!有的恋爱也克服了革命的意志!那主人翁会跳到自杀的路上去!我不知道,我们会怎样做下去?我知道你会说我底信仰太不固定,同情心太薄弱!实在呢!我不是从真正无产阶级生长起来的!我向你说真话,我是时刻在克制我自己!我能克服劳苦、艰难和一切……只是对于你的恋爱我不能克服。我试过一千遍,结果全是失败!全是失败!失败到我要用手枪打死我自己!你是可爱的!同时也是伟大的!……你把自己所有的来献给革命!我阻害你,我扰乱你!我……"萧明深深地埋起自己底脸,他竟跪倒在安娜底脚下。他像一个愚昧的基督徒跪在金色十字架的前面，祈求着谁的赦免！安娜并不为萧明这样理智昏聩的举动有什么慌张，她坐起来，她试验着用手去托萧明底前额！同时泪水沾湿了她底手指。

"萧同志，请起来！这是没理智的举动。这对于一个革命队员是耻辱的——"

"……安娜……你应该让我在你面前，流一次痛快的泪吧！仅是这一次！就让我们是没有相爱过，看在同志的分上，让我在你面前，痛快地流一次泪吧！就让我今夜侮辱一次革命尊严吧！我不会辜负它，我会用我的血完成它的光荣……"

安娜底手指失掉感觉了，停止在萧明底头上。不知是什么在鞭打着她，一刻那双美丽的眼，被溶解了！她狂热地吻到他底头，她俯下身子去——

世界在人间消失了！暗夜也在人间消失，所没消失的只是这一双咬着嘴唇，用眼泪来洗涤着生的悲哀的青年男女。

在他们清醒过来的时候，现实的世界，现实的斗争，现实的苦痛，现实的艰难……依然是存在的。依然环压着他们底周遭。也许是更加重了一些！

安娜软弱地睡在萧明的臂弯里，萧明体察着这个孩子，为了祖国，为了要取得人类平等，转徙流离的斗争，为了不能申诉、不可逃避的爱恋交争，存在于内心的忧伤，在那本来还是少女爱娇的脸上，已经提早的便刻就了辛苦的纹痕！

"安娜！"萧明低低唤着。安娜仿佛是听见了，但她并不立地起来。她声音颤颤地唱着：

    我要恋爱！

>我也要祖国的自由!
>
>毁灭了吧!还是起来?
>
>毁灭了吧?还是起来?
>
>奴隶的恋爱毁灭了吧!
>
>奴隶没有恋爱;
>
>奴隶也没有自由!

萧明不懂,安娜是用朝鲜话唱的一支歌。

"安娜,你唱的是什么歌啊?我听不懂!"

安娜还是反复地唱,不断地从垂闭着的眼角,源源爬行着眼泪。最后她译成了中国文唱出来!这使萧明感动到没了声息!

院子外面守卫的不再安静地踱着步子了。他停止住。他奇怪安娜,夜是这样深,怎还在唱歌?并且还是唱得这样凄楚!他知道明天他们是要出发。夜深唱起歌来,这会扰乱了安宁。他走近安娜底窗前,没有思索地用手指打着窗棂说:

"同志!不要再唱歌了!夜太深了啊!同志们睡着了——明天不是还要出发吗?"

安娜喑哑住;萧明也喑哑住。意识清明着他们全是尽做了什么!安娜使自己底身子跳到地上,强制着哽咽的声音,隔着窗纸说:

>"谢谢你,同志!我正在准备行装!马上就好的。"安娜不动地站着,一只手撩开拂乱在脸上的头发,静听着外面的回答,外面却是静默。人的脚步已经渐渐地向远方移动去,接着又是整然地在院外响着……

"听出是哪位同志的声音吗?"安娜说话声音很朦胧!她看着萧明,他是正在摸抚着自己上唇的短胡须。

"这是第二队李同志——李三弟——"萧明漫然地答着。

"他也留下同你在一起?"

"是的——他是我们一同拉出来的!一位最忠实最勇敢的同志!"

"梁兴也是和你们一起吗?"

"是的,他也是——"萧明显然不愿意提到尽说他坏话的人的名字,接着补充地说,"那是个很刁猾的小家伙!他给我们捏造了很多坏话!弄得同志们全疏远了!就连李三弟,平素我们私人交谊还算好,全对我起了生疏!"

"这是当然的啦!我们是跑上了生疏同志们的路了!"

萧明踏着漫天的星光去了!在临行的时候,他们又悠长地吻着,拥抱着,流下最末次的泪来。在死一般的沉默里,准备着接待明晨的别离。

……

队伍,接连地出发。

红旗轻妙地在每小队底先头招展;队员们夸大地昂起自己的头,摇动帽子向饯行他们的伙伴告别。用不同的声音喊出不同的句子,那是意味着说:

"弟兄们,我们又开始出发了,新的斗争又将被我们先占了!"

至于被留下的呢——伤病的携了拐杖,他们没有这样兴奋,他们只有把不久就好起来的希望,来填实这暂时的空虚。那也是在意味着:

"不要发狂！几天我们也是和你们一样！将有更好的斗争给我们留下的啦！"

萧明挺立在部队出发的路口。所有经过的队员，向他挥着帽子，新参加来的孙氏弟兄也无区别的和别的队员一样。他看见梁兴扭着口唇向他打呼哨，同时又向后指指，眯眯着一只眼睛笑着……在每张不同的——大致全是枯瘦和黧黑——脸形上，一致浮现着不勉强的笑，眼尾堆积起深深的皱纹！每个队长也同他握手，拍拍他底肩头，说着半笑谑的言语。

铁鹰队长，手枪又开始在他底腰间出现了。他恳切地捉住萧明底手，沉重地说：

"萧同志！一切要当心！斗争的时候，把斗争以外的事情，全忘掉了吧！这里不久一定会有敌人来的。"

他恋恋地撒开萧明的手，站着，似乎等待萧明的说话。但萧明只是这样说了一句：

"铁同志！我敬重你，一直到我死的时候！"

铁鹰队长他抛开萧明，去追赶他底队伍。队伍走尽，紧接着便是陈柱，安娜和几个传令队员。

"萧同志，一切计划，全在留给你底命令里！再待十天……伤病的同志们……一定全能走动了。你可以按照着留给你的地图，到东安去集合——安娜同志还有话要和萧同志说吗？"

安娜很平静。那个连装底稿带装杂物和绷带的帆布囊，没有改变地还是背在她的肩上。手枪位置也是一样没有改变。较每次出发所不同的，只是脸际上两个平时很适度的眼睑，如今增添了不可掩饰的浮肿和无损于美丽的殷红！

"我吗?——"她充满了哀怨向萧明投视了一下,竟自没有声息地走去了!

陈柱微笑着,也亲切地握了握萧明底手。他感到萧明底手已经失却了脉流一样的没感觉。但他还是微笑着,一只手插在腰间的细皮带里,稍待了一刻,就用那只手,将那脱了顶盖的酱幕斗①式草帽从头上取下来,使那秃了发的头顶,裸露在晨光里,一拖一拖地走了去。

现在只是悄静,太阳从东山的缺处,开始向天中爬行。山顶卡子上的红旗,轻轻飘动。萧明迷惘地立着,最终什么声音也听不到了,在他眼前浮现的:刚才的安娜……司令陈柱的笑,每个队员的笑,梁兴好眈眈的眼睛,铁鹰队长的声音,一面面轻巧飘荡着的红旗……回旋着回旋着……没有间断地在萧明的眼前回旋着……

回到院子里,第一眼看到的便是全院子被空旷占据!再也听不到从每个屋子里发出的喧笑,从每个地方堆集着的人影。

安娜住过的房子,任是一只窗棂对他全是感伤。夜间他站立过的地方,他低低唤着安娜的名字的地方!他由这个空旷的屋子,走到那个空旷的屋子。地上乱抛弃着空的子弹筒,子弹夹,脱底的鞋子,用刺刀划在墙壁间可笑的标语和漫画。靠门近边很真切的不知是谁留下了这样一行字:

革命队,弔膀队,队对队对

---

① 东北的农民夏日遮雨和太阳用的帽子,用高粱秆皮编制,形如圆锥。

男同志女同志……

萧明凄默地笑了笑，企图要用手涂了去，可是没有这样做，他又觉到这似乎没有必要。

屋子到处任意被损坏着！窗子破着洞孔，风由外面侵袭进来，窗纸便很无聊地发出唏唏的叹息。

细瓷的掸瓶，颜色像新剖出来的猪肝肺，肚子已经敲破了。女人们用的东西，从梳妆台里倾出来，脂粉狼藉抛撒在每处。

这全是很狼藉！

"为什么要这样做呢？"

萧明他只能叹息着革命队员们的革命意识和教养的不足，这样无理由地破坏任什么，就如当枪毙王三东家激起来感情上的矛盾一样，他要来怜惜这不必要的东西！他简直忽略了队员们每颗愤怒，而获不到报复的心，是怎样才迁怒在这些器皿的上面。

小红脸坐在院子里一条木凳上，安闲地又在吸着小烟袋。神情很落寞，不过看来却是很安心。他将由卡子上被换回来的，他没有更真切地看到司令陈柱和其余的队员们怎样出发。仅是在山顶的卡子上，俯临地看着那人群，蜿蜿蜒蜒接连地前进着。看起像红点点一样的红旗，不固定的在晨风里飘摆。那时，他是使自己底下颚抵在自己底臂上，臂是抵着卡子围墙的石头——另外的那个队员，也是和他取着同样的姿势。那一个队员他曾叹息地羡慕着这出发，他打着小红脸底肩膀头说过：

"出发该多么好！又换个新地方……还有开火的机会……

看吧……人家全走啦！全走啦……留下我们等着给日本兵捡蛋吧！"

"那里还不是一样。"小红脸，不回头地望着那渐渐被无边际的田野遮起的部队，空虚地笑着回答说。

"哼！哪里不是一样？横竖谁会乐意开火！谁也不乐意尽守在一块死地皮上！当兵时候也是一样啊！开火该多么有乐子啊？现在干了革命军啦，不天天开火，还算什么革命军？咱司令那家伙……尽知道跑！"

郑七点，满不服气地响动着鼻子，尽是絮絮地说。在队里，人家全叫他郑七点，在他底脸上无间隙地叠落着天花痕。那是很有名的爱说怪话和爱生气的一个家伙。

那时他不回答郑七点，自己只陷在一种沉思里。一直到现在他还是继续在沉思——

萧明正从一间屋子走出，他看见小红脸，他们互相打过招呼：

"萧同志！到这里坐坐吧！"小红脸将身子移动了一下。其实那木凳很长，即使不移动也没什么要紧。他用一只手掌轻轻拍打着，意思是叫萧明坐下来。

"你换过岗啦？"萧明挨近了小红脸，他却没立刻坐下，只是站在小红脸的身边。他可以嗅到小红脸从烟管里发出来剩余的烟味，同时用眼睛扫了院子一周说：

"这烟味很好哪！"

"当然不会错的喽！"小红脸显着忠厚地笑着。

"怎么？这是从哪里弄来的？还是从王家堡子带出的吗？"

"从王家堡子带出的早变成烟粪了——这是有人送的礼！"

"送的礼？这地方还有人给你送礼？"

"送得还很多哩！"

"还很多？谁哪？你底朋友是谁哪？真不要小瞧你——你的朋友是谁？"萧明很惊讶，在这时候，还会有人送给小红脸烟叶抽。

"我底朋友，他是个反革命的分子，被司令枪毙了！"同时小红脸并不笑，并且装出很苦痛！

"唔！……你这家伙！"

萧明从不曾和小红脸说玩话，今天他却笑着来拍他底头。

院子里除开东山卡子上的人以外，全陆续地出来了。伤病着的，架起拐杖，接近到屋阶上坐下。有的脱下身上的衣服开始捉虱子。将虱子放在阶石上，用小石块轧得稀烂。

太阳光很温暖，炙热得使人要瞌睡样。小雀们乱窜着墙外的树枝和房檐。萧明坐在小红脸同一条板凳上，开始听小红脸讲他关于烟叶的故事。

那边也是形成了几个集团。郑七点，在一个小集团里，不平地正在申诉这次出发他被留下看病人的委屈。

"真是的！你们快好了该多么好？我们不是一同出发了吗？从这里奔集场子，再奔东安……在道上你们看吧！那些欢迎我们的庄稼哥们！他们挂红布在门上，放爆竹，还杀猪……真是亲热得像亲弟兄……连小孩子全知道亲热！女人们把自己腌的咸鸡蛋全都舍出来，那全是用罐子埋到地里很深哪——怕是被官兵、日本兵，或是胡子们给翻了去——她们舍得给我们吃，还说：'吃吧！吃吧！你们全吃了吧！省得给那些王八羔子们吃了。你们吃得强强壮壮地，好把那些日本兵和官们打死！若不然我们是没有天日了！平素叫他们欺辱得够受了！他们每回到乡下来一次，应名是剿匪……剿匪……实在就是剥我们底皮……'同志们！革命军该多么露脸啊？我在第四军经过那里就是这样的。谁知道现在啦！现在一定也不能错，那里的农民全了解革命呢！"

郑七点，最后的一句话使满院子的人们全笑了。他们是笑郑七点说的那句话："那里的农民全了解革命呢……"一句术语，这还是安娜教他们识字的时候，顺便说出来的。当时他们是不甚明白这句话的含意。曾经要安娜给解释过，特别留心的是郑七点，他竟很聪明而又妥帖地用在这里了。他骄傲地挺着脖颈，俨然像一个有知识、有教养的革命队员了。

他继续着便没秩序地说到别的上去。他又说到他亲眼看过日本兵们处置青年的农民的尸首，和被捉去的革命军队员，用钉将手足给钉在树上的故事，他们不叫他立刻死，割去他底舌头；女人们被强奸过了，他们还要割下她底乳头来……

萧明和小红脸他们不再听郑七点底说话。他们将谈话又转到了烟叶故事的身上来。

"……我是从几岁就喜欢吃烟叶哪！我爸爸种烟，尽是成垧地种。我记得我刚能学着走道，妈妈就教给我怎样打烟叶啦……烟叶那东西……真不是怎样可爱的东西。在它青着的时候，很肥大哪！看着还很好，可是摸着使人不畅快！黏腻腻的！有点辛辣！

"打烟叶分几茬哪！第一茬是好的啦！叶子全是大的！爸

爸爱惜每片烟叶比喜欢我还厉害。轻易我是不敢弄坏一片烟叶的！在六岁我就学着吃烟叶了。那是偷着在没有人的地方。爸爸是种烟叶，可是他不抽烟叶……妈妈却不啦，她抽，但是她却管束着孩子们不许抽。她常常是抽一些最末次的，和一些零碎的烟叶。好的全是去卖钱……"

小红脸说着沉默了，用手里的小烟管叩打着板凳腿。起始是低垂着头，后来便回忆的样子仰看着天空说："……啊！我已经抽了三十多年的烟叶了！现在能够抽到这样好的烟叶……真还是第一次哩！"他充沛着无限的感慨接了说，"……只要有钱，就是不种烟，也可以吃到这样好的烟叶！不种什么，不做什么，要什么也全有，并且全是好的！——这怕就是司令和安娜同志们所说的'不平'吧？不是么？萧同志？"他不等待萧明回答他又说，"……真的，那里还有好多好多！像这样的烟叶，全在一个很大的柜子里。还有已经有过十几年的烟叶，也藏在那里……"

他指给萧明看，在院子西北角一间门掩着，现在没有人住的房子。

萧明默默地想着，他察看小红脸底聪明增进了，已经再看不到有思乡的哀愁挂到脸上。虽然他底脸还是一样的红。

小红脸，望了一阵天空以后，他又装满了他底烟袋，熟悉地擦着了火柴——

"这里真是什么全是富裕的。就连'洋火'他们也全预备了许多……司令同志他们到别处，恐怕不会再有这样人家什么全齐备吧？在路上一定要感到缺乏……为了革命什么还不得受呢？就拿我们一齐选出来的几个人说，才是几天工夫呢……崔长胜老头子……他是看不到我们底胜利了!反正太平日子,是不容易马上就来的。所以我看透了,我也不再盼望它。反正什么日子,还不是一样的过?……"

小红脸吐出的烟气,一直向晴空里飞动。郑七点高亮的嗓音,使这院子里,像只容着他一个人一样。

夜间,队员们全睡熟的时候,萧明在院子里还是一直徘徊到天明——

十一、一条固执的蛇

队伍走起来,是一条固执的蛇,长长地拖着尾巴,无休止地穿行着森林、田野、山谷……残落的人家……

太阳照耀在高空,在一个时间里,没有一点云丝,也没有一点风。高粱叶全停止不动了。豆叶湛黄。路旁边的草看出渐渐衰老。可以看到在田野里,开始有收割的人了。按季节来说,这时候收割已经嫌晚了一点。

工作的人,他们停止不动,遥远的,即使靠近路边的,似乎也并不惊慌。他们很痴呆地望着,一点也不躲避,似乎熟悉这不是官军,也不是日本兵,相信这许又是什么大"绺子",或是××军。

田老八,更近些看着,他看见了孙氏弟兄向他打招呼……不停止地过去了。

孩子们无顾忌地叫着,指画着;妇女们用袖子去遮阳光,手掌扬在前额上做遮伞,习惯了一样,企图要知道这共有多少人。

"这些，怎么没有一个骑马的哪？"一个小伙子，轻快地试着把镰刀割下了两棵高粱说。

"对啦！看吧！有二百多！那个大个子，腰里插手枪像个'当家的'！样子很像么！"

"我看他好像个炮头①，若不然就是秧子房②！也许是'掌柜的'。"

"得啦！你们看，那才是当家的哪！"

大家伙的眼睛全集中到那边高粱地的队伍，等它快过尽了，在队尾巴上，才发见了陈柱、安娜和几个传令的队员。

陈柱走路，他不如别人轻捷，脚常是一拖一拖的，但也并不缓慢，也不休止。眼睛常常像张望一样探视着队伍的先头。除下自己漏顶的草帽扇着风，头顶闪光的炙晒着太阳。手枪随了步子的颠动打着胯股，一踊一踊地……

"那才是当家的咧！还带着一个女当家的哪！女当家的也没骑马？也一样走？——怎么没有'票'啊！也没有骡子驮东西！全是用人背……"

女人们，在这个队伍里发见女人，感到一种亲切的兴味！

队伍是很平稳地爬过去了。——他们又开始了自己底工作。

"这年头，你寻思女人就总得守在家里养孩子呀？男人们能干啥，女人们就能干啥！过去那些'绺子'里……不也常常看到女的吗？还有'女当家'的！"很年轻很粗鲁的女人这样

---

① 土匪队中的前锋。

② 土匪队中看管肉票者。

说着。头发盘卷在头顶上，赤着脚，夸张地挺着一双坚实的乳头。蓝色宽大的长衫，盘卷在腰里，镰刀开始很敏捷地割倒每棵高粱，毫不落后和男人们在竞争。

"嗯！女人干的他妈……更凶咧！"一个男人这样附议她。

"对啦！"她一用力，一刀又多割了一棵高粱。

"那你也就去干吧！——放下镰刀。"

"对啦！怕他们不要，要，看那个养汉精不去？"

"你去，老八舍得你吗？"

"放你底屁吧！"

在一排正割着高粱的人们中的老八，他不作声，他哑默地笑……

"老八，你底老婆可非管教管教不成！太撒野了……我要有这样老婆……哼……一天非捶她八顿不可，至少我得教她怕我像一只耗子见猫！'老婆，老婆，是张破锣；三天不打，上房揭瓦，一天一顿，欢天喜地'……非打不可——"

"嗯！你熬瞎了眼吧！你想老婆想疯了吧？你还想打？你等着打自己底大腿吧……"本来女人还想要向下骂这个同他玩笑的家伙，但是放在地头的小孩子哭了，大孩子跑来报告她：

"妈——小狗子哭啦……"大孩子远远地连嚷带跑的……手还不住提着裤子。

"知道啦！大嚷小叫干么？跌倒叫高粱茬戳瞎你底眼！"她把镰刀砍在一条地垄上，接着向男人们说：

"老太太先去喂喂孩子。奶奶你们底小大叔，回来再和你们这些王八比赛——"

"喂！听见吗？老八！你老婆骂我们全是王八！连你也在内哪！"

女人不再理他们，她踏动着宽大的脚掌走了。大孩子跑在她底后边，小辫无条理地甩动着……

"老八，真是好运气，摊这样一个好老婆，什么全能干！一养孩子还是一对……"

老八任凭伙伴们打趣他，他只是一直很得意地笑着。

晚间睡觉的时候，他告诉他底老婆说：白天看见的队伍，那不是什么"绺子"，那是专门打日本兵和杀土豪劣绅们的人民革命军。由龙爪岗来的。"王三曹操"就是被他们枪毙了。

"你怎么知道啊？"女人轻轻拍打着孩子，眼睛蒙眬地半闭着，脱得赤光光的身子，老八也是一样。

"我怎知道？龙爪岗……老孙家哥三个……全干上啦！他们约会过我，我因为有你和孩子们，我没答应！"

"真的吗？"女人底眼睛不蒙眬了。她把声音提高，同时惊醒了孩子：

"噢……噢……噢……"她把惊醒的一个孩子又哄睡了，老八还是静静地躺着。

"再是假的，早就走了——"

"那你怎不去了呢？"女人说着轻轻地挨过身子来，接着说，"……你怎不去了呢？"

"不去……不去……就为了这个……不……去！"

老八凶猛地把一只手臂探伸过来了……

……

……

老八心里就如有不知几多条生绒毛的虫子，穿着心孔爬。每夜在这时正是睡得和蜜一样的甜，就是孩子的啼哭和老婆的骚动，全不会扰乱他，他会一直睡到天明。被八嫂叫起来还像条夏天的狗样慵懒，伸着懒腰才爬向田里去。今夜呢？他想不出被什么理由扰乱了，只是左右辗转睡不着。眼睛张开是清明的；合起来的眼球却在眼睑里着了油一般地滑动。

　　孩子们底小鼾声，老婆底大鼾声，全很匀整而拖长地酬答着。老婆底被，被抛开，那饱满的身子一点也没有隐藏地摆在炕上。星光映射进屋子里，那双坚实高大的乳峰，像两个不驯顺的小山丘，倨傲地耸据在突出的胸膛上……

　　老八为了避免自己心脏的骚动，转过眼睛来，他让脸对着墙壁。窗外面，墙缝际，吟鸣着深秋的蟋蟀！蟋蟀的鸣声，平生来似乎第一次才被田老八发觉。平时他是什么全忽略的。

　　邻近的狗，虚空地吠叫着。他听见邻家为牲口添草，大概是为了牲口抢草吃，主人骂着和骂人用的一般句子……

　　"孙氏哥们，真行的！说干上就干上了！这比'挂注'还容易哪！这还是打日本子，为国出力，多么露脸的事啊！将来把日本子全赶跑……哼！……人也不算白活一回……"

　　老八常听从城里回来的人说：如今什么全改变了！做官的做日本官了，老百姓纳捐，纳税，全纳日本子拿去了！日本子还要到乡下里来挑兵，到关里去打中国人……

　　"日本子真是太欺负人哪！这简直是蹲到头上拉屎来啦！"

　　老八从日本子一开始正式宣布占领了东三省，老八底怒气，就开始在胸膛里暗暗地积增。他底胸变成了橡皮球胎，消息却仿佛是由打气管注进来的空气。他总是说：

"若不是老婆太年轻……孩子们太小……我真走啦！妈的，人横竖怎的还不是一辈子？男子汉……大丈夫，总得闯闯！尽死一辈子在庄稼地里……有什么出息！"

就是老婆太年轻、太可爱，孩子们还太小，这是多颗多颗大小铅锤，系在老八底脚脖上，击着他底踝骨，悬挂在他底胸膛里！沉坠着他底心！他常诅咒着这些是累赘了他，若不然他一定是个呱呱叫的革命队员。放枪那是他最爱好的。至于革命以后，打跑了日本兵以后，什么平分土地……他却没放在心上。反正他想着，怎样也得卖苦力气吃饭！不过他是不甘心教日本子们管教着。他只知道凡是日本子就不是好人：卖吗啡，卖大烟，到乡下来卖洋药……全是日本子们干的。

老八不识字，但人却是固执得很。他准知道日本子总不存好良心。有时也听到城里回来的人说：——日本人怎样说要和中国人做弟兄啦！他知道这是"黄鼠狼给小鸡贺年禧，绝没安着好心肠"。

老八也有弟兄们，但是全分开家了。弟兄们和陌生的人也一样，谁也不接连着谁。他想不出把他底老婆孩子们托靠给谁？他想得鼻子的呼气全发了热，还是想不出怎样可以将自己底老婆和孩子，丢下就走，去扛起枪来和那些人们混一场。眼见孙家弟兄全干上了，自己缺什么呢？年纪也是正壮年，力量在同伴里面也不弱于谁……

"只是老婆太年轻、太可爱！孩子们……嗳！太小啦！"

老婆老了，孩子们大了，他自己呢？……不是随着老婆也老了吗？老八并不想到这一面上去。他瞥了一眼老婆底身子——没有改变了位置和姿势——夜深了,窗纸更显得通明。

他把日间的影像,重又在脑子里温习了一过——一队一队地过去了,人跟着人……人跟着人……步枪挂在肩头上。每面红旗……每面红旗……上面全有那样大的"星"……那样大的"星"……那样子英勇得很可爱的高个子的队长……和那个脚步走路一拖一拖的亮头顶的人……还有那个女人……那个女人……他知道她是高丽,并且还知道她叫安娜……叫安娜……全不使他憎恶,像憎恶一些官军那样。最使他难忍耐的就是孙氏弟兄当真的也干上了。肩头上每人全挂了步枪,连秃四那毛孩子也一样……在队里不停留地向他打招呼!这该是多么值得起火啊!简直是侮辱了他!

老八爬起身子,到外面丢了一泡尿,夜风吹得他减低了些烦扰,有点静下来,自语地决定着:

"嗳!过几天再说吧!老婆太年轻、太可爱!孩子们呢……太小……等日本子杀上头来的时候……再说吧!"

渐渐地,渐渐地……朦胧围抱了他。在朦胧里,他还是迷恋着那条爬行着的固执的蛇!

十二、集场子

渲染在碉堡上太阳光的颜色,已经由焦灼一般的殷红,渐渐归复了淡赭。四郊轻轻浮笼着灰暗的轮晕。只是天西的云,被太阳燃烧着了一样,云团分布着,形成一幅地图——两处云团伸长的尖对着,在两处尖对云团的环抱里面,还是海一般的天空。那像渤海湾,从上面探下的那样子正像辽东半岛,由下面伸向右上面的，那样子似山东半岛，沿岸全浸透在燃烧里。

这云，并不很快，又分结成了别样的形象。从别样的形象又分解开……

在碉堡外面的人们，张望着，眼睛向同一的方向展视。里面有的是：这镇上商家的代表，农民的代表，学生的代表……什么的代表……

每个碉楼上悬挂的红绫，鲜艳而寂寞地飘动着……

爆竹堆在门边一个三角架上，长长垂搭着京鞭，这是用接待官军或"绺子"的仪式，来接待人民革命军。

孩子们不安定，冷清着脸色，爬上墙，爬上树端，尽可能的噪叫，跑来跑去……

大人们，为了这样仪式每次积渐形成的苦痛，深深埋在每人的胸窝里。在面上浮现着一种忍受的落寞。一些刁狡的商人们，幻想如果这要是一个肥"绺子"，至少能捞到一笔钱：什么女人啦！鸦片烟啦……烧酒和鸡雏……全是"绺子"上的人们所需要的。不幸的他们得到的消息却是什么"××路革命军"，革命军他们是见过的，革命军是没有钱可捞的！

黄昏了，还没有见到大队的影子。人们开始了沸腾！

"百八十里路，走一天，应该到的啦！"

"路上不许遇到什么官军吗？"

"官军吗？哼，他们还避着走呢！"

"年头乱，真是鸡犬不安！自从日本子占了东三省，到如今，哪有一天安定日子！兵来，将去，官的，私的，官不官，私不私，半官半私的……我们这个镇，慢慢每家人的骨头全得被啃光了！嗳！反正这是逼人上'梁山'的年月……上'梁山'的年月……"

"徐掌柜！少说点闲话够多么好！小心什么地方都有耳朵，现在不用说大'绺子'，就是小小'绺子'我们也不敢动啊！比方每年吧！小'绺子'我们说不准他进街，他们就不敢怎样！如今就不成了……"

"快啊——点鞭，点鞭啊……"

爆竹在无节制的鞭声里，狂乱地爆碎着。扑击起地上的浮尘和着爆药气味，这扰乱了人们底呼吸！

队员们忘了疲乏，脸上，眉毛上，挂着一路的浮尘；嘴唇被风吹袭得干枯——当这时候他们欢喜得要发笑，干枯的嘴唇会为这发笑而破裂开，沁流出殷殷的血丝。

陈柱，看见碉堡上的红绸，回荡着晚风。爆竹的骚声起始使他很惊愕，他要责问送消息的队员，为什么不禁止他们这样用迎接胡子的仪式来迎他们？终于他还是闭紧了自己底嘴，他知道这是自己的错，自己不应该忘掉说给来这镇上送消息的队员，禁止用这样的仪式来接待他们。现在商民是这样的做了。陈柱知道：已经错误了的事情，悔恨是没有用的。只是准备着不要再有这同样的疏忽！

商民们，有的手里捏着瓜皮帽头，眼睛尽可能地笑着，背腰尽可能地俯下去……按个向每个走过的队长行着折身礼。谁知道他们底嘴里在问候什么？在铁鹰队长是熟悉这种仪式，他厌恶商人，他不向他们瞥一眼，他只是眼睛湛湛地，看着那些靠近镇边的农民——他们远远地站着，赤着脚，上衣多是脱掉纽扣的样子，散掩着胸怀。

安娜一路随在陈柱底身边，距离总是那样保持着，一路上除开必要说话以外,她一直是沉默到现在。

商民代表们,追随地陪伴在陈柱底近边,很巧妙地运用他们底智慧,来和陈柱攀谈。陈柱呢?没有改变,脚还是适度的一拖一拖地……漏顶的草帽拿在手里:

"这又给你们镇上添麻烦哪……不过今晚住一夜,明天一早就走的。你们转告诉镇上的大家弟兄父老们,不要吃惊,我们决不能有什么招扰!我们是专和日本兵和日本走狗们的官军打仗的……"

"司令何必这样忙啊!真是的,平常我们盼还盼不到啊!多住些日子又有什么要紧呢!大家弟兄们也好歇一歇!——你们全是为国效忠的英雄!我们是应该招待招待……"

陈柱很知道这些油滑的商人们在卖弄着乖巧。他们很有经验,对于怎样接待一些官军、匪军、革命军……虽然他们在内心全这样积藏着一种同一的意识:

"全死灭尽了吧!我们全不要这些!"

可是他们底嘴依然是亲热而甜蜜的!他们知道只有这样才会保护自己,老爷们的手掌才不会贴到他们底脸上,老爷们底刺刀才不肯探入他们底胸膛。陈柱只是微笑地向队先头探视着。——队行在街心,两旁已是驻满了人。

"这里……最近有日本兵来过吗?警察这里有吗?日本走狗们的军队到过吗?……"

"日本兵也来过,官军也来过——他们走还不到十多天,他们说要到山里去剿匪,不知道为什么他们又不去了,开回原驻防的地方去——"

队伍停止在一片广场上,行军值日队长,验过了每处宿营房舍,绘了草图,报告了陈柱。他开始按着人数在草图上做了记号分配。接着简单地下了应当每队分担勤务的命令,和指定宿营地值日官。一切他还是按着旧日军队那样区分。

"同志们,走了一天的路,全是太累了!这时候我不应该有什么可说的。我们全是革命军的队员……就是时时刻刻不要忘记了老百姓就是我们底弟兄……我们不是日本兵……我们更不是官军和什么'绺子'……要大家伙努力,使此地父老兄弟们了解我们……我们是一家人……我们是替一家人来抵抗我们敌人的队伍——你们待他们亲切,他们一定待你们更亲切!在无论哪一块宿营区里,总不要忘记了,我们是中华人民革命军!——完了——除开有勤务的以外,诸位队长同志们,到司令部去集合。"

在每次说完话的时候,陈柱总是把手臂一挥动,整个的队伍,便开始分散开,按照规定的宿营区走去,围观的人们也开始无秩序地议论着走开……

陈柱拖着脚步,队长们跟在他的后面,向司令部进发。

安娜哑默得像在梦幻里。

十三、招展的红旗

"明天早晨,还是五点半钟出发——"陈柱脸上的浮尘,被汗流浸浸地斩断,快要流到嘴角。他用一只手轻轻把它们抹开。在一张地图上指点着他们要经过的路和必要的路程说。

"我们在此地多休息一天吧!"一个队长说。

"队员们第一天走路,全累了,应该休息一天哪!"另一个队长附议着。

"这不能——"陈柱看地图的姿势,没有改变,也不抬头看一看这发言的人是谁,只是解说着地图:

"看见吗?由这里出发,奔东北,我们要走这条有山的小路。……这条河,还不知道涨水没有?……不涨水的时候,可以蹚过去……涨水那还要耽误时间——明天五点半出发。"

队长们从桌子边走开,各人又回复到自己的座位。陈柱底眼睛像在寻找什么一样地说:

"……才是哪位同志提的意见,在这里多休息一天?"

"我们——"适才发言的两个队长,不甚得体地半欠着身子,他们以为陈柱对于他们的多言,会有什么斥驳。脸不期然地发了烧!

"请坐下,高同志和杨同志!我很知道队员们今天很辛苦,不过,这里我们是万不能多停留!日本兵和走狗们的军队,很快的就可以来到——你要相信吧!今夜也许就有人送信给我们底敌人。今夜一定要当心点,队员们不许到街上去喝酒!要紧是有电话的地方,应该把机械给他们损坏了——"

屋子里,暂时是沉默!陈柱搜索什么样,又在凝想了一刻,然后才立起身子来说:

"一切就是这样。关于铁队长同志,我再直接使传令队员送命令给他——请回去休息!当心队员们的勤务!"

陈柱目送了每个队长走去,他还是沉默地在桌角孤独地站了一个时间。而后才轻松地呼吸了一次,徐缓地将手枪除下,搁置在桌子上。

这里是一个"烧锅";有年轻的店员来侍候他,商家的老板们,来向他道"辛苦"。

在他洗脸的时候,安娜走来了。她底眼睛深陷而迟钝地望着陈柱不说什么,坐在陈柱适才坐过的那张椅子上——

"吃过饭吗?安娜同志——"

"吃得还是很好哪!有酒,还有许多的肉——"

"你喝过酒?——"陈柱开始来注意安娜底脸。起始她底眼睛虽然是迟钝,现在却有些流动。在灯光的辉照里,面颊上已经透露着浸浸的红潮。

"安娜同志——你不应该喝酒,这是今天命令里所禁止的——知道吧!你是违反了纪律——"陈柱整理胡须,用一把梳子梳剔着那已经没有许多根的头发。那头发是更喜欢脱落了!他没有发怒,也没有笑的表示。眼泪充在安娜底眼睛周缘和堆积在下眼睑。她不愿把眼泪流在别人的眼前,很快地揩掉,这是陈柱所忽略的。

"司令同志!我要回上海去——"

陈柱停止了手里梳子的梳动,他望着安娜。安娜这时已经将脸埋下在两条臂上,肋骨起着抽动!

"安娜同志!你要逃避革命吗?这可是你自己底意思?你的父亲不是这样希望着你,你不已经是献身革命了吗?现在什么意思呢?你是什么意思呢?你今天这样说?"

陈柱束好他底细皮带在腰上,准备着吃饭了——饭的香味和菜的香味,更是酒香,使他有点迷惘。

"安娜同志,我很想知道,你为什么要回上海的理由?——"他开始吃饭。为避免酒香的诱惑,把酒壶放置到较远的地方。商家招待客人的老板笑着眼睛走来了,很周到地

八月的乡村

说：

"司令到我们这里……什么好吃的也没有！真是屈尊啊！——酒是我们本家出的，司令应该多喝几盅，反正也是不忙啦！歇几天再走——"他嘻嘻地笑着。同时他还命令随在他身边的青年店员说：

"你们这些无用的，也不说摸摸酒壶热不热？问司令还喜欢吃什么？吩咐厨师傅一声，叫他们赶快做——"

两个青年的小店员，哑默，同时有点惊悸来用那枯瘦的小手，企图给陈柱满酒。陈柱止住了他们。那个操着直隶滦县口音善交际的老板，他底眼睛笑着，尽可能温和地说：

"司令，您老这人太好了！真是难得咧！你老要喜欢吃什么只管吩咐吧！菜若是做得不合口味，也只管吩咐，这里没有别的好吃，只有肉……"

陈柱很香甜地吃着饭，他没有工夫来和这个商人纠缠。

"什么全好，什么全好！你请去忙吧！我们这里马上要开个会议——请你把这些收拾去——"陈柱离开了桌子；安娜在地上来复地踱着、踱着……她底脸变得更绯红。

"安娜同志，你需要回上海吗？"商人们走尽了以后，陈柱问着她。

"是啊！我需要回上海——"

"我没有得到你父亲底通知啊！"

"我父亲底通知，和我有什么关系？"

"我是尊重你父亲底意见！"陈柱固执着语气。安娜正踱着的脚步，突然停止住。她做着一个挺直的立正样的姿势，挑战一般地望着陈柱。陈柱并不抬头望她，还是照常地坐在炕沿上，看着由茶杯里渐来渐迁缓升腾起来的蒸汽。

"我是不管你尊重谁的意见，我是要回上海！"安娜也充分显示着固执。

"这是自由行动，党里不能允许的——"

"为了我自己——我需要自由！"

"安娜！这不是一个革命队员应该说的话！更是你，你是受过充分训练的！你是喝过酒的啦！你应该安静去休息一下，等清醒的时候……你再来和我讨论这问题——"

"喝酒？喝酒有什么关系呢？喝酒比革命要充实得多啊！革命是什么呢？革命是一只宝贝的坛子吗？里面盛的是苦痛？还是不自由？——"她没有端绪地响着门扇走了。

陈柱他了解为什么安娜今夜会说出这样完全失掉理性的狂言！他看着这个初次被爱情所咬伤的孩子，自己感到一种轻微的悲伤！他准备着该怎样使她更切实地接近斗争。

在第二天出发的时候，安娜还是照常地走在队尾。在她底身上什么也没缺少，背包和手枪啦！还是照样地挂在肋下。只是不常见的，在脸际增加一些消瘦和惨白。

陈柱拖着脚，头顶秃露在天空，照常是愉快的，脸微昂着，瞻视正在行进的队伍，和那一面面招展的红旗……

十四、"就是这样——准备明天的罢！"

消息传来了，由乡民之间传来的。官军和日本兵已经开始向龙爪岗进发——

萧明从安娜走后，他整个的心身，投在梦一般的悲哀里。

这消息对于他,似乎不见得重要!小红脸却常常警告着他说:

"……萧同志!日本兵听说已经向我们这里出发了。我们怎样办呢?同志们底伤还没有完全好,我们是守在这里吗?还是走呢?走是应该提早走的啦!"

"司令的命令,那是要伤病的同志全好了,才能到东安去集合啊!不是吗?这是司令的命令!"萧明在说话里,潜在地隐匿着一种冷淡和酸楚!同时是超然地笑着。

"萧同志!为了大家伙!应该委屈点自己吧!我知道你是不满意把你留在这里,他带了安娜走!司令是把这里的同志们委托给你,你是不能丢开不管的。"

"我是始终不能反叛我们队伍的。你总会相信的吧?老同志!我已经宣过誓,要用我底血来洗涤我加于革命的耻辱!无论日本军,还是他们底走狗,反正来了我们便和他们拼!"

"这是不能够的……萧同志,你怎能这样说呢?动不动就是血不血的,若不就是拼!把事情耽误了,'血'又有什么用?'拼'又有什么用?你总得顾大家伙!顾那些走动不容易的同志们!我们现在是健全的,我们再不管他们,还有谁?日本兵赶到了……还不把他们活开膛吗?嗳!'同志就是亲弟兄'你不是常这样说么?"

"是的啊!亲弟兄,亲弟兄……那我们就一同等在这里吧!死,死在一起,活,活在一起……"

萧明是过分地燃烧着感情——小红脸心里在想:

"糟糕,这必须去和李三弟,及其余的十八个人去计议。"小红脸望着萧明一副显现着无智的脸,和迟钝的眼睛,实在是不似他所认识的时候那个爽快的家伙!也不似他们一同由军营里逃出时那个做领队的汉子了！他变了！他知道在这里和他纠缠，不会有什么启示给他。他抛下了萧明，去寻李三弟。

在夜间，他们集会在一间厅堂里——那就是陈柱在这里常常召集各队长会议的地方。

病伤者，他们已经能够用自己底脚步移动了去，有的已经试验着抛开拐杖。要强健起自己来的欲望，充沛着每人整个的心！

空旷的大厅堂，为了缺乏油灯，便燃起了篝火在地中央。他们围坐成一个不甚规正的圆圈。麻子脸郑七点，和几个爱说笑的队员们，无思虑地说笑。他们谈到什么时候革命才可以成功，又谈着萧明和安娜……

秋天的黄昏，在外面不被谁们注意地流走着。他们看见萧明和一条忧伤的狗样，隐没在墙根一条板凳上。

"我们底队长，怎不来参加我们底会议呀！拖来吧！"郑七点麻子脸，高叫着。别的队员在附和。

"对的啦！拖他来……这家伙丢了魂！"

"扔他在火堆上，看他知道疼不？我不信什么叫丢了魂！"

"想女人……怎么也不能比挨火烧还难受？"

队员们有的向萧明打呼哨，嚷着去拖……但是却没有人先动手。

在人全齐备的时候，李三弟开始由他底座位上站起来：

"喂！同志们安静点！听我说话——"

大家伙平素是看得起李三弟的英勇和正直，连平常最喜破坏秩序的郑七点,也哑默住!只是篝火细碎的爆鸣在轻微的继续。李三弟多发的前额,固执而单纯的在篝火辉映里,显现在人们的眼前。声音很不熟悉还带点沙哑:

"诸位同志——"这四个字却是说得很熟悉。脸色变得近乎发红,脖子四周的脉管也显出不自然的充涨,接着说:

"……诸位同志!今天晚上开的这个会不为别的!为什么呢?……就这样说吧!司令留我们在这里,为的是等着受伤的同志们伤好了,再到东安去集合。到那里我们是要被编成正式革命军的啦!那里同志还有很多哪!要正式和日本军和日本底走狗军队们开战的啦!那里听说还有马队,有机关枪……不过……萧明队长同志!他现在表示没有能力来领导我们了……诸位应该对他原谅,他是忠实的!他不过被女人苦着了!这是他们知识分子,很艰难通过的臭泥洼!现在我们要自己来领导我们自己……今天早晨的消息,我们是知道的啦!另一股日本兵和走狗军队——大约就是'王三曹操'他们的家里人弄的鬼!今天晚间不到,明天一早准到……怎么办呢?还是先跑呢?还是留在这里和他们对抗一阵再走?这要大家伙来拿主意……"

在临末尾的说话,李三弟并不那样拘泥了,从容说完他所要说的。

周围的人像一个静默的铁环!全不自觉地向萧明坐着那方面的地方望过去——他依然是沉埋在墙根下,更显得模糊!

"同志们,现在要我们自己来做主了。萧明同志他已经声明,要服从我们底决定——"

小红脸窥知人们还是这样不能自决,还有依赖着萧明来领导的倾向，他们还是系念着萧明来规划、来负责……

"他妈的，来了就打打，别看咱们人少，只要把几个山头一卡，放几枪，管保他们非跑不可。"

郑七点闪动他脸上的麻子，用眼睛征求着谁的同意，一只脚蹬在椅子上。

"打一打，保管非他妈胜仗不可——他们准不知道我们这里，仅仅就是缺胳膊、掉大腿的我们几十个人。若知道他们不早就来捡我们的蛋吗？趁这个时候，我们唬他妈一下……唬好了他们就许给我们扔下点什么！反正那些走狗的军队，他们也不想真心卖命！日本鬼也是一样怕死哪！他们比他妈，比什么全奸……不好我们再跑！反正我们人少，路也熟，跑得也快——他们连个屁也捡不着我们的！——"另一个小身材的队员，尖着嗓子附议着郑七点。

"放你底屁？好腿好脚的这样倒成了，那些枪伤没好的同志怎么办？依我看还是三十六着，走为上着——"

"没有看见敌人的个屌毛就跑！明天别叫他妈的革命军啦！叫'狗熊军'好啦！不成，非打打不成！这有多少天没开火了，再不开火……子弹全他妈的要生锈啦！"

"谁爱打谁打，我是不打——"

"谁爱跑谁跑，我是非和他们打打不成——"整个的屋子，甚至连整个的院子全被人声沸腾起。争论的人全离开自己底座位！谁也忘记了在篝火上应该加一块木材。

伤残的几个人，他们远离着这斗争一般地坐着。拐杖倚在自己的怀里，向李三弟这面叮咛着眼睛，他们也彼此地叮咛着眼睛。脸色浮出不可掩的凄惘！有的竟试验着站起来丢开拐杖,企图和好人一般来走几步。结果是遭了失败,几乎跌倒在篝火上面。

"喂!全坐下——同志们,听我发表点意见……不准乱七八糟的——"

一直等到争论的人们平静下去,连小的计较声音全听不到,人们感觉全属于自己的时候,李三弟才开始扯开嗓子说:

"主张打的全是那几位同志?举起手来!"

第一个举手的便是郑七点。他把一只手臂伸得像箭一般地,几乎要穿破屋顶,脱离自己的身子,马上就飞向敌人的队伍里去样子。接着是两个、三个……一共是十个人。李三弟按个地记在心里:

"好的啦!放下手——不愿意打的,全是谁?也举起手来吧!"

一共是五个。李三弟也是照样的记在心里。他很快的注视了人们一刻,便开始又说:

"……两面全不举手的同志,怎样呢?随着那方面?"李三弟向着不曾举过手的队员们笑着说。

"我们随着的啦!李同志你怎样决定就完了——打咱们就打,跑咱们就跑!"不举手的队员们他们是温和的,全是大一些年龄的。

"随着吗?怎样办呢?我自己打了一个主意——"

李三弟停顿了一下,别的队员们也停顿了一下。萧明由那面暗的角落里,也走向篝火近边。

"……要打的同志们,就留在这里一天;要走的同志们应该多辛苦点,你们就同受伤的同志们先走。你们到帽儿山等我们，后天一早晨我们也能赶到那里——不过在道上你们得多辛苦点……换着班抬他们！"

第一个欢喜的是郑七点，他无理由地打着大腿喊着：

"对——对……还是李老三，这才像个样儿，将来到东安我非举你做队长不可——"同时他是轻蔑地向萧明投视了一下——萧明没有关心这投射，不动地垂着头在两腿中间，身子勾下着。

"萧同志，你是怎样？打呀？是跑呀？还是想呀？……"郑七点抱绞起臂膊，一只脚蹬在椅子上，刁狡地笑着问萧明。萧明底姿势没有变动，也没有声音。

这屋内的气流，样子似乎要凝结，严肃得有点可怕！郑七点脸上的笑，不知是受了谁的指使也不那样轻薄了，渐渐变成了凄惘！

"萧同志，你也应该表示你底意见哪？"

"对哪，或是怎样，我们全是老同志！谁全能原谅谁的——不要尽听郑七点底瞎说八道，还是表示你底意见——"

"表示意见！"

"表示意见！"

"……"

萧明再不能沉默着不动，他从凳子上站起来，声音很低地说：

"我现在是完全服从诸位同志的啦！我已经同李同志们说过了！——郑同志对于同志的态度是不应该的！为什么要这样呢？这不是对同志的态度！我犯了什么过错，这是你们有权力批评，但这是应该提到司令那里去！为什么呢？你们对我本人会这样？要知道尊重你们底同志，就是尊重你们自己，也就是尊重我们的大家伙，尊重我们底革命军……无论谁犯了过错，那一定要有严肃的裁判，决不准许有什么轻薄讥笑的成分在里面——现在我虽是服从李同志和诸位的决定……可是队长的责任，还是在我底身上，我是有权向诸位，更是向郑同志来忠告的……对于同志讥笑，这是不准许的——"

"这样吧！萧同志就同那几位同志，到帽儿山等我们去吧！"李三弟向着萧明，同时也是向着大家伙又这样决定的说了：

"就是这样——准备明天的吧！"

一九三四年十月二十二日完成于青岛
一九五三年十月二十七日改于北京
一九八〇年五月二十一日再改于北京

田军作《八月的乡村》序

鲁　迅

　　爱伦堡（Ilia Ehrenburg）论法国的上流社会文学家之后，他说，此外也还有一些不同的人们："教授们无声无息地在他们的书房里工作着，实验X光线疗法的医生死在他们的职务上，奋身去救自己的伙伴的渔夫悄然沉没在大洋里面。……一方面是庄严的工作，另一方面却是荒淫与无耻。"

　　这末两句，真也好像说着现在的中国。然而中国是还有更其甚的呢。手头没有书，说不清见于哪里的了，也许是已经汉译了的日本箭内亘氏的著作罢，他曾经一一记述了宋代的人民怎样为蒙古人所淫杀、俘获、践踏和奴役。然而南宋的小朝廷却仍旧向残山剩水间的黎民施威，在残山剩水间行乐；逃到哪里，气焰和奢华就跟到哪里，颓靡和贪婪也跟到哪里。"若要官，杀人放火受招安；若要富，跟着行在卖酒醋。"这是当时的百姓提取了朝政的精华的结语。

人民在欺骗和压制之下,失了力量,哑了声音,至多也不过有几句民谣。"天下有道,则庶人不议。"就是秦始皇、隋炀帝,他会自承无道么?百姓就只好永远钳口结舌,相率被杀,被奴。这情形一直继续下来,谁也忘记了开口,但也许不能开口。即以前清末年而论,大件事不可谓不多了:鸦片战争,中法战争,中日战争,戊戌政变,义和拳变,八国联军,以至民元革命。然而我们没有一部像样的历史的著作,更不必说文学作品了。"莫谈国事",是我们做小民的本分。

我们的学者也曾说过:要征服中国,必须征服中国民族的心。其实,中国民族的心,有些是早给我们的圣君贤相武将帮闲之辈征服了的。近如东三省被占之后,听说北平富户,就不愿意关外的难民来租房子,因为怕他们付不出房租。在南方呢,恐怕义军的消息,未必能及鞭毙土匪,蒸骨验尸,阮玲玉自杀,姚锦屏化男的能够耸动大家的耳目罢?"一方面是庄严的工作,另一方面却是荒淫与无耻。"

但是,不知是人民进步了,还是时代太近,还未湮没的缘故,我却见过几种说述关于东三省被占的事情的小说。这《八月的乡村》,即是很好的一部,虽然有些近乎短篇的连续,结构和描写人物的手段,也不能比法捷耶夫的《毁灭》,然而严肃、紧张,作者的心血和失去的天空,土地,受难的人民,以致失去的茂草、高粱、蝈蝈、蚊子,搅成一团,鲜红地在读者眼前展开,显示着中国的一份和全部,现在和未来,死路与活路。凡有人心的读者,是看得完的,而且有所得的。

"要征服中国民族,必须征服中国民族的心!"但这书却于"心的征服"有碍。心的征服,先要中国人自己代办。宋曾以道学替金元治心，明曾以党狱替清朝钳口。这书当然不容于满洲帝国，但我看也因此当然不容于中华民国。这事情很快地就会得到实证。如果事实证明了我的推测并没有错，那也就证明了这是一部很好的书。

好书为什么倒会不容于中华民国呢？那当然，上面已经说过几回了——"一方面是庄严的工作，另一方面却是荒淫与无耻！"

这不像序。但我知道，作者和读者是决不和我计较这些的。

    一九三五年三月二十八日之夜，鲁迅读毕记。
      （选自《且介亭杂文二集》）

前　记
为抗战后《八月的乡村》初版而写

萧　军

一

　　正相同我们底民族以及我自己，这本书，在那伟大的抗战年代里，受过试炼了。——这证明它还称得起是一本有些用处的书。即使在今天，我看它也还该有些用处，因而就决心把它来印。

　　这书，它也正相同我自己以及那些不愿做奴隶的人们，在过去，曾经一直不被容于"中华民国"底某些地方，如今它将要被"容许"了！这是标志着我们民族解放的光荣；标志着中国人以及整个人类进步的光荣！……我是愿望着能够：生活、工作……在这样光荣的拂照里,一直到我离开这世界的一天。

二

在今天,我来看这本书,就写作的方法和表现的能力上,固然有着若干使自己不满意的地方,但是却并没有什么愧怍的心情,当我写作它的时候,虽然还年轻,也已经尽了我那时能够尽的力量了,因此就很安然。同时,也还不想有什么更改。这虽是一本小小的书,它不独驮载着我个人过去的苦痛和欢情,也盖满了这古老民族底耻辱和光荣的印记!我虽然喜欢更完整的"美",比较起来,却更爱好于"真"啊!

三

"年来故友飘萧尽,待赋《招魂》转未能!"这书重版在今天,喜欢却淹不了我底悲情;虽然我们民族最凶恶的敌人已被打倒;国家也一天天被引向了进步的方向……但自己这点悲情,却是不能够离开心窝,相反地,它竟像一颗铅弹似的深深地嵌进了人底灵魂啊!

为此书写过《序言》校过错误的鲁迅先生,为此书抄过原稿、给我出版以鼓励的萧红女士,为此书印刷而尽过力的奴隶社友伴叶紫……想不到他们仅在此数年中,竟一个接着一个地……离我而去了!

四

"死别已吞声,生离常恻恻!"

我活着,还要好好工作下去——为了自己,为了生者,为了纪念他们——我所尊敬的先生和伙伴!

一九四六年二月十二夜写于张家口
萧军

(附记)本文承萧军同志及夫人王德芬同志审阅指正,又承朱金顺同志惠示所藏版本资料,谨致谢忱。1983年8月。

萧军年表

1907年
7月3日出生于辽宁省凌海市沈家台镇下碾盘沟村。

1913年
开始在村中私塾里学习,后到沈家台镇小学读书。

1917年
随父亲谋生到长春,在商埠小学读书。

1922年
由家族做主,在故乡与许淑凡结婚。

1925年
考入东北宪兵教练处,走上了从武之路。

1928年

考入张学良举办的东北陆军讲武堂候补生队,学习初级军事。

1929年

以"酡颜三郎"笔名在《盛京时报》发表以反军阀为主题的处女作《懦……》。

1931年

以"三郎"为笔名,发表文章,开始文学生涯。及后,与许淑凡分手。

1933年

与萧红相识,共同出版短篇小说集《跋涉》,后两人逃亡青岛。

1934年

与萧红去上海投奔鲁迅,得到鲁迅鼓励和关照,步入文坛。

1935年

《八月的乡村》出版后,鲁迅为其写了序言。

1936年

鲁迅先生逝世后,萧军参加鲁迅治丧办事处工作,守灵、料理先生丧事,并担任了万人送葬队伍的总指挥。

1937年
"七七"事变后,与胡风等人编辑《七月》;与萧红去山西临汾,因去向问题,两人发生分歧,从此分别。

1938年
到延安,受到毛泽东热烈欢迎。
4月,到兰州担任《民国日报》副刊《西北文艺》的编辑。
6月,与王德芬结婚,夫妻一同前往成都。

1939年
任中华全国文艺界抗敌协会成都分会理事。

1940年
夏,第二次到延安,任鲁迅研究会主任干事,《文艺月报》编辑、《鲁迅研究丛书》主编、鲁迅艺术文学院讲师。

1942年
参加延安文艺座谈会,此后,积极进行文艺创作,写出《武王伐纣》等作品。

1945年
冬,抗战胜利后,与邓拓等人在张家口组织"鲁迅学会"。

1946年

重返哈尔滨，应邀作50余天讲演。

11月，任东北大学鲁迅艺术文学院院长。

1947年

创办鲁迅文化出版社和《文化报》，任社长和主编，并兼任东北文协常委、研究部长。

1949年

被下放到抚顺矿务局总工会工作，任资料室主任和抚矿京剧团顾问，创作《武王伐纣》京剧。

1951年

调到北京，担任北京市文物组研究员、戏曲研究员等职。

20世纪50年代，先后出版长篇小说《五月的矿山》和长篇小说《过去的年代》（即《第三代》），并完成了长篇历史小说《吴越春秋史话》。

1966年

"文革"期间受到迫害。

1979年

重返文坛，参加全国第四届文代会，被选为全国文联委员、作家协会理事，之后被选为北京市作家协会副主席。

1980年

担任北京市政协委员和全国政协委员。写出《萧红书简辑存注释录》《鲁迅给萧军萧红书简注释录》，再版《八月的乡村》《第三代》等著作。

1981年

与鲁迅之子周海婴一道应邀到美国参加纪念鲁迅诞辰100周年活动。

1983年

应邀到新加坡参加首届"国际华文文艺营"活动。

1984年

3月，北京作协隆重召开庆祝萧军文艺创作50周年大会。

1985年

夏，应邀到日本参加内山完造诞辰100周年纪念活动。

1987年

5月，率领内地作家代表团出访中国香港、澳门。

1988年

6月22日，病逝。

百年中篇典藏

林贤治 主编

《阿Q正传》　　鲁迅 著
《她是一个弱女子》　　郁达夫 著
《莎菲女士的日记》　　丁玲 著
《二月》　　柔石 著
《生死场》　　萧红 著
《林家铺子》　　茅盾 著
《丽莎的哀怨》　　蒋光慈 著
《长河·边城》　　沈从文 著
《阳光》　　老舍 著
《八月的乡村》　　萧军 著
《小二黑结婚》　　赵树理 著
《饥饿的郭素娥》　　路翎 著

《组织部来了个年轻人》　　王蒙 著
《大淖记事》　　汪曾祺 著
《绿化树》　　张贤亮 著
《被爱情遗忘的角落》　　张弦 著
《人到中年》　　谌容 著
《小鲍庄》　　王安忆 著
《关于詹牧师的报告文学》　　史铁生 著
《褐色鸟群》　　格非 著
《妻妾成群》　　苏童 著
《小灯》　　尤凤伟 著
《回廊之椅》　　林白 著
《到城里去》　　刘庆邦 著